意識的現形：
新詩中的現象學

劉益州──著

序

　　若依美國學者 M.H. Abrams 在其名著《鏡與燈：浪漫理論與文學批評傳統》（*The Mirror and the Lamp: Romantic Theory and the Critical Tradition*）中所勾勒的文學批評四要素：作品、作者、讀者與世界，則文學思辯的領域，不外乎作品之所以構成的美學成分，諸如體式、修辭、音響等表現層面的問題，此其一；再者，由作品的文字爬梳中，試圖領略作者的「意圖」（intention）；或是，仔細檢閱作家的生平與經歷，以期增進對其作品意指的理解。第三，由讀者觀點出發，強調個人閱讀的反應，留意作品文字擴展、動人的能量。最後，望向一切存有，勾抉作品中寄寓的世界觀，視其如何迎向宇宙人生紛至遝來的衝擊與挑戰，提出什麼樣的回應或啟示。

　　無論是文學的創作或研究，浮淺地來看，都不能脫離上述四個層面。或者說，這四個層面，究其實只是一體。擅於描繪人生百態的法國現實主義文學家巴爾扎克（Honoré de Balzac）曾說：「作家必須熟悉一切現象，一切感情。他的心中應有一面難以言喻、足以

聚焦任何事物的鏡子，將變幻無常的宇宙，從這面鏡子上反映出來。」帶著如此接近博物學的理念，巴氏大手筆展開他道盡人世滄桑的寫作計畫，《人間喜劇》（*Comédie Humaine*）共九十一部的動人鉅著，於焉問世。我認真檢閱巴氏的作品，當然未能一一遍讀，但文學中可以發現的問題，如前述者，大抵都可找到足以給人豐盛啟示的線索。

而據說，《人間喜劇》在巴氏最初的寫作計畫中，是被命名為「社會研究」。顧名思義，巴爾札克無疑欲藉寫作反映他所知世界的點點滴滴，秉持研究的嚴謹態度，帶著些許批判，傳達某種理想。如此看來，容我重申，又足證純文學的寫作與學術性研究在某個層面上是相通的，他們都屬創造性活動，也都立足於作品的核心，輻射、連結至作者、讀者，以及宇宙世界的領域。

益州是一位早慧的詩人，偶爾也寫些小說，文字能量極為豐沛。近日他寄來近幾年潛心思考所得的數篇文學研究論述，跨度涵括古典與現當代詩歌、小說，當然，還有他最用心領會的詩。我細細瀏覽，發現他研究的進路多元並呈，敘事學、符號學、現象學、空間理論及各式文化研究概念等，看得出來用功至勤。早些年他跟我討論一些古典文學的問題，在我不甚成熟的指導下完成《詩經「山」意象研究》，並獲碩士學位。當時我清楚記得，古代文獻的艱澀，頗令益州感到挫折與茫然，對自己的研究成果也就不覺滿

意。雖說如此，我卻從他努力想從《詩經》文句中勾衡出某種美學條律的嘗試中，看到他對學術研究的潛能，因此鼓勵他繼續深造。

多年過去，益州在學術上的表現已經與他的現代詩創作幾乎並駕齊驅了，寫作與研究再一次由他介筆融合，值得留意。他希望我為其即將出版的論文集寫篇序，我既欣喜於他甫獲博士學位，更為其學術造詣突飛猛進感到高興。忝為人師，最快樂的莫過於看到學生的成就高過自己，益州就是一個極好的例子。是為序。

許又方
謹誌於東華大學華文文學系
二〇一一年十一月廿八日

自序　意識在表述中的現形

　　海德格說：「詩與思是近鄰。」他進一步指出：「詩與思乃是道說（Sagen）的有式，而且是道說的突出方式。」什麼是道說呢？「道說」顯示出我們在語言中所思考、所意識並且使之顯現的語言。然而，即使海德格將詩與思的定義如此相近，從詩作中繁複的隱喻和敘事，如何讓讀者理解作者的表述意圖？更何況，從意識到表述，從表述到讀者感知，這其間有無數繁雜的縫隙讓讀者不能輕易窺見真相，掌握閱讀詩的樂趣。

　　我們怎麼發現詩人之思呢？在詩語言中發現作者的意識情思？現象學提供了我們發現意識現形的方式。模利士·那坦森說：「現象學態度讓自然態度中的每種東西照舊常在，但是它使對世界及其內容的意識成為顯著[1]。」現象學是一種發現世界的態度，正如海德格所說：「現象學本身並不是一種學說或流派，而只是一種

---

[1]　那坦森（Morris Natanson）著，高俊一譯：《現象學宗師──胡塞爾》（臺北：允晨文化，1982 年 11 月），頁 94。

方法的概念，這樣的方法並不是要描述哲學研究對象的內容是什麼，而是讓我們明白對象的研究如何可能[2]。」當我們以現象學方法對詩作進行研究，使詩語言所為我們呈現的世界，能更純粹地離析出作者的表述意識，讓我們看見詩的真實，胡塞爾就說：

> 現象學的操作方法是直觀闡明的、確定著意義和區分著意義的。它比較，它區別，它連接，它進行聯繫，分割為部分，或者去除一些因素[3]。

現象學的方法是直觀的，是將其他次要的「懸擱」或者「存而不論」，純粹發現主體對客體或主體間的意識活動，我們可以運用這套方法發現，詩語言為我們形成的知性世界如何構成，詩的語言表現作者觀看世界的方式，決定作者如何決定自我位置的構成，詩必然是意識的真實，現象學提供了我們發現詩之美好真實的一個管道，當現象學轉向為對文學進行發現時，它必然是一種對意識與真實的批判，對意識的再發現，使表述從繁蕪中純粹出來，讓文學作品純粹是人類意識的一種表述方式，一種形式。

---

[2]　海德格著，王慶節、陳嘉映譯：《存在與時間》（台北：桂冠，1993 年），頁 51。

[3]　胡塞爾：〈現象學的觀念〉，倪梁康編譯：《胡塞爾選集（上）》（上海：上海三聯書店，1997 年 11 月），頁 67。

　　文學的發現，詩語言的發現，實際上乃是意識的發現，意識跨越文本與時空向度的交流。

　　現象學只是文學批評的一種可能，但它提供了嚴格和精確的語言，在現象學領域中，我們可以發現所有的分析都是理性而有共通可能，有一定脈絡可供追尋，能夠在現象學的規範下，使那些隱藏在文學作品中的意識描述性地、純粹性地現形，我總是期待在論文撰寫中，發現那些意識的真實。

　　這本論文收錄了我從 2010 年到 2011 年發表的論文，我在 2011 年 10 月博士班畢業，這些論文都是在我拿到博士學位前發表的，細讀這些論文，回想過去一年與博論的糾葛，還有生命中一些人事物的變化，不禁有些悵然。

　　時間是經過了，唯有意識透過文字保留下來。

　　當我在表述我的研究論述時，或許，有人也能在我的論文當中，看見我意識情志的現形，以此為序，作一紀念。

劉益州

二○一一年十一月二十九日

目　次

意識的表述形式：
葉覓覓詩集《越車越遠》中的「自我」表述

摘要

　　葉覓覓詩集《越車越遠》充分利用詩集的每一部份詮釋作者本身意識的展開。語言文字是意識得以展開的重要關鍵，但葉覓覓意欲透過語言文字將自我對現實的意識呈現出來，藉以澄明其自我意識表述的特質。跳脫出現實邏輯與文字的結構性，以斷裂的敘述與超現實的隱喻，開展自我在現實生活中的意識。換言之，葉覓覓刻意打碎詩中符號與符號間原有的結構形式，創造一種屬於她自己的語言形式來呈現屬於她自己的語言，她自己的意識表述形式。本論文即欲從《越車越遠》中對「我」意識表述的書寫，探究葉覓覓的自我意識如何在意向表述活動中開展。

前言：意識形式的開展

　　葉覓覓，本名林巧鄉，畢業於芝加哥藝術學院電影創作研究所。曾獲中央日報文學獎、教育部文藝創作獎、聯合文學小說新人獎等。她的詩集《越車越遠》是一本很奇特的詩集，封面以粗布車邊縫成，在形式上彷彿呼應書名「車」的意涵，但封底卻言：

> 車，ㄔㄜ，一種移動或者搬運的方法。
>
> 如，我的魚被水車走了。他的樹被風車走了。
>
> 星星被火車走了。
>
> 她們把一群乳牛車進山的穴道。

而「車」的基本意義卻是「在陸地以輪子轉動的交通工具」、「利用輪軸傳動的機械」或「縫製」等意義，並沒有葉覓覓封底所指涉的意涵，而葉覓覓詩集附錄二的文章〈那些我所車過的〉以其旅居過的空間作為書寫主題，「車」又成為「旅居」的意涵。對葉覓覓來說，其語言文字充滿了任意性的可能，但馬壯寰指出：「語言符號的任意性或無理據性意味著，在理論上任何一個能指可以指代任何一個所指的結合是自由的。但事實上並非如此。語言符號一經產生

或使用，就具有社會的規約性，就與使用它的人緊密相連。這時符號的能指和所指之間就形成穩固的關係，人們不能隨意改變它[1]。」事實上，我們從《越車越遠》詩集的書名文字運用，就可以看見葉覓覓挑戰符號意義的規約性，凸顯文字符號的多義性，詩的多義性。

這本詩集除了封面、書名刻意製造歧異、多義的可能，在設計上亦應用書頁的縐折和水漬，以形式宣示詩的語言符號貼近生活的現實，表示詩並非抽離現實的囈語，乃是作者對現實意識的表達。葉覓覓的詩是超現實的，瘂弦說：「超現實主義的朦朧、象徵式的高度意象的語言，正好適合我們，把一切社會的意見和抗議隱藏在象徵的枝葉後面[2]。」換言之，超現實的本質就是對現實的隱喻，葉覓覓不但將對於現實意識的表達隱藏在詩中，也隱藏在詩集的形式甚至作者的簡介中：

葉覓覓

可以是一個人或一支歌，也可能只是狀態。

是人的時候，她搭乘夢貨船在睡世界裡旅行。

---

[1]　馬壯寰：《索緒爾語言理論要點評析》（北京：北京大學出版社，2008 年 3 月），頁 68。

[2]　瘂弦：〈現代詩三十年的回顧〉，《中外文學》，1981 年 6 月，146 頁。

> 是歌的時候，她吹走鳥鳴和烏雲，押 333 種韻然後感到十分光明。
>
> 狀態有時是滴水穿石，有時是秉燭夜遊，有時是捕風捉影[3]。

葉覓覓不純粹由一般世俗的學經歷來揭示自我，而是以自我意識的表述來呈現自我的本質，所謂表述正是自我意識的開展，而《越車越遠》充分利用詩集的每一部份，詮釋作者本身意識的展開。語言文字是意識得以展開的重要關鍵[4]，葉覓覓卻欲透過語言文字將自我對現實的意識呈現出來，為了澄明作者自我意識的本身不是一般語言所能傳達，她的作品跳脫出現實邏輯與文字的結構性[5]，以斷裂的敘述與超現實的隱喻開展自我在現實生活中的意識。換言之，葉覓覓刻意打碎詩中符號與符號間原有的結構形式，創造一種屬於她自己的語言形式來呈現屬於她自己的語言，她自己的意識形式。本論文即欲從《越車越遠》中對「我」的書寫來探究葉覓覓的自我

---

[3] 葉覓覓：《越車越遠》（台北：田園文化，2010 年 6 月），頁 197。

[4] 可參考唐清濤：《衝破沉默的歷程──梅洛─龐蒂表達思想研究》，復旦大學外國哲學博士論文，2005 年，頁 75。

[5] 文學作品必然有一定內在的結構性來反映對外延的指涉，透過結構性的表述反映出作者對於「世界」的「整理」和「安排」。可參考李紀祥：《時間‧歷史‧敘事──史學傳統與歷史理論再思》（台北：麥田，2001 年 9 月），頁 80。徐崇溫：《結構主義與後結構主義》（台北：穀風，1988 年），頁 22。

意識如何在意向表述活動中開展[6]，本書分析出葉覓覓在《越車越遠》這本詩集中以「我」開展對「他者」的「意向弧」[7]，主要可分為自我表述的確認、生活場域、時間場域與情感場域的表述，冀希透過下文的論析，能夠整理、發現出屬於葉覓覓的，一種特殊的自我意識的表述形式。

自我意識對「我」的表述

作為「我」的表述而言，首先重視的是「我」的存有，也就是透過表述澄明自身的存有，「我」透過表述「我」的形式來澄明自我，有些文學作品會用「割裂自我」的方式來表述「我」[8]，透過

---

[6]　莫倫說：「胡賽爾指出：意識內容指被意識到的東西，而意識行為是活動性質，是指意識所特有的運作模式，這意識行為是動詞、是意向活動，它包括的是知覺、記憶、質問等等。」而人本身就是意向性的動物，無時無刻在體驗意向「他者」，而且藉以表述澄明自身。見莫倫（Dermont Moran）著，蔡錚雲譯：《現象學導論》（台北：桂冠，2005 年）頁 157。

[7]　意向弧指我們被拋入於世的意向活動，彷彿探照燈一樣探照四周。可參考普里莫茲克著、關群德譯：《梅洛—龐蒂》（北京：中華，2003 年 6 月），頁 20。

[8]　關於「割裂自我」以辯證、澄明自我的本質，可參考李翠瑛：《雪的聲音：臺灣新詩理論》（台北：萬卷樓，2007 年 12 月），頁 6。

複數的「我」相互辯證，讓我的意識呈現出來。另一方面，意識其實就具有意向性、體驗性的[9]，也就是說「我的意識」本身就是我在對他者（包含對「我」）的意向活動中所綿延的、所累積的意識流，我對他者（包含對「我」）所產生的意義充實的辯證[10]，也就是「我的意識」的明晰[11]，因此表述「他者」的同時也在表述「我的意識」[12]。

---

[9] 可參考張紹杰：《語言符號任意性研究：索緒爾語言哲學思想探索》（上海：上海外語教育出版社，2003 年），頁 167。

[10] 所謂「意義充實」，也就是在意向活動中，意義賦予的行為。可參考李幼蒸：《語義符號學——意義的理論基礎》（台北：唐山，1997 年 3 月），頁 155。

[11] 如鄭敏所說：「『我』的形成由空白到充滿思想感情是由於『物』的影響，『物』或客觀世界的存在也經常由於『我』對它的改造、干擾、影響而發展、變化。」我的意識形成正式受到「他者」（他物）的影響，而他者（他物）也受到「我」的意義給予而為我產生變化。故我對他者的意義充實，本質上就是我的意識形成的過程。見鄭敏：《詩歌與哲學是近鄰—解構—解構詩論》（北京大學出版社，1999 年），頁 30。

[12] 沈清松指出：「簡單說來，人生的歷程是一不斷在外推中進行自我超越與內省自覺的歷程。外推（strangification）是一不斷走出自己、走向多元他者的歷程。然而，若只有外推而無自覺，則將會有逐萬物而不返的危機。」意識主體對人生、對世界的體驗正是不斷走出自己、走向他者的歷程，但這不代表自我的本質是滑動變易的，滑動意變地去逐萬物只是自我的體驗現象，自我則是在體驗並表述自己以外、多元他者的意向行為中不斷地澄明自我。沈清松著，莊佳珣譯：〈從內在超越到界域跨越——隱喻、敘事與存在〉《哲學與文化》，2006 年 10 月第 389 期，頁 22。

　　但葉覓覓喜歡用「她」來表述葉覓覓她的「自我意識」,換言之,葉覓覓在詩中「割裂自我」並且抽離出自我,塑造出一個「他者」來進行觀察辯證[13],表述出她的自我意識,也就是說她的表述其實就是一種「擬我表述」,透過一個擬構的他者來呈現自我,如葉覓覓在她二十九歲時寫的〈2 個夜晚 9 個祕密——寫給 29 歲〉這首詩:

　　　　她逃走的速度變慢　還持續寫著一些壞詩

　　　　喝很燙的茶　拒絕艱深的話題

　　　　眼睛是便利貼　有時亮有時黑

　　　　有時像洪水一樣撤退

　　　　這麼多年過去了　她還是喜歡靠窗的座位

　　　　風景裡有海有雪　有人有老街

　　　　還有溫婉的駱駝在飛

　　　　烏雲密佈的時候　她就跟別人這樣形容自己:

　　　　好玩又耗電。越熱越安定。越冷越開花。

　　　　反正她可以是一隻燈　一棵樹

---

[13]　李翠瑛:《雪的聲音:臺灣新詩理論》(台北:萬卷樓,2007 年 12 月),頁 6。

一座火爐或拼圖

無論如何　那都只是形狀的問題　她說。

她經歷過一些內在的冒險

常常切換心裡的電源

夢見的總是比看見的還多　而字是音樂

當然　多半時候　她藏在一個小孩的身體裡

用小孩的高度丈量這世界[14]

這首詩全篇用「她」來作敘述，我們僅能從副標題「寫給 29 歲」來判斷這首詩是寫給作者自己，如同《越車越遠》的作者簡介一般，葉覓覓不輕易直接地表述自己，她透過對詩中「她」來表述二十九歲的自我。第一行詩句：「她逃走的速度變慢　還持續寫著一些壞詩」用客觀的視角來表述自我生命中、生活中的時間性，在第一段中，除了第一句「她逃走的速度變慢」外，其他詩句都敘述在時間流中不被改變的自我意識，而意識所體驗的界域也是相同的：「她還是喜歡靠窗的座位／風景裡有海有雪　有人有老街／還有溫婉的駱駝在飛」藉著第一段的表述，葉覓覓想強調時間性中沒有改變

---

[14] 葉覓覓：《越車越遠》（台北：田園文化，2010 年 6 月），頁 17。

的自己，她採取了「割裂自我」的第三者視角，以呈現超然客觀的表述態度[15]。

　　葉覓覓的表述意識是隱密的，她不輕易將自我意識表述出來，她習慣用模糊、破碎的意象從超現實角度來表述自己，葉覓覓喜歡用押韻、有趣但不相關的語言在詩中達到淡化詩表義的功能[16]，如：「好玩又耗電。越熱越安定。越冷越開花。」除了淡化詩的邏輯性意義，也增加了詩的歧義性和趣味性，達到葉覓覓意圖破壞文字語言的基本形式直指內在意識的企圖。葉覓覓重視內在意識的陳述，內心的形狀，故葉覓覓表述詩中「她」時，說：「反正她可以是一隻燈　一棵樹／一座火爐或拼圖／無論如何　那都只是形狀的問題　她說。」此段揭示了葉覓覓透過外在文字語言表述內在意識的企圖，她表示了燈、樹、火爐和拼圖都只是形狀的問題，不論是何種事物，都無礙於詩中「她」的呈現，葉覓覓在作者簡介也是用「一個人或一支歌，也可能只是狀態。」種種相異的情態來表述

---

[15]　「割裂自我」本質上透過分裂的自我辯證，反而使「自我」澄明出來。相關論述可見李翠瑛：〈割裂的自我〉收錄於《雪的聲音：臺灣新詩理論》（台北：萬卷樓，2007 年 12 月），頁 34。

[16]　其實楊牧也喜以不相關的敘述帶入詩中，達到淡化詩指的意圖。陳芳明即指出楊牧擅長以不相干的場景帶進詩中，而達到淡化、稀釋的效果。見陳芳明：〈楊牧現代抒情的詩藝〉收錄於國立彰化師範大學國文系編：《臺灣前行代詩家論》（台北：萬卷樓，2003 年 11 月），頁 132。

自我，在她的意識表述中，屬於形狀和狀態的外在形式是被忽視
的，葉覓覓透過「物」所代表的「符號」的任意性，否定形式而追
求下意識的潛在力、心靈的自動表現，使內在意識、心靈澄明出來[17]。

　　此詩末段才表述出她所肯定的：「她經歷過一些內在的冒險」，
只有在內在意識中所呈現的對葉覓覓的意向活動與表述才有意
義，其他外在客觀物遊戲似的表述則是為了淡化、否定「物」本身
的意涵，而葉覓覓也敘述了她對文字形式表述的看法寫道：「字是
音樂」。換言之，詩透過文字的內延固然是意識的展開，但外延的
形式對葉覓覓來說基本上只是音樂性的問題。而在另一方面，表述
也可以運用外在的形式隱喻出意識的狀態：「她藏在一個小孩的身
體裡」、「用小孩的高度丈量這世界」揭示出葉覓覓意欲維持童真來
體驗世界的角度，用童真來呈現自我的意識。

　　葉覓覓從內在意識出發，瓦解外在形式的指涉與表述來澄明內
在主體意識的存有，以及澄明意識與「周遭物」的開展。狄爾泰指
出創作是：「個體從對自己的生存、物件世界和自然的關係的體驗
出發，把它轉化為詩的創作的內在核心。[18]」也就是說，即使亟欲

---

[17] 葉覓覓的表述意識事實上接近超現實主義者的想像表述，而使內在意識超
　　越現實而呈現出來，可參照劉戴福：《存在主義哲學與文學》（台中：青山
　　出版社，1978 年 8 月），頁 55。

[18] 狄爾泰：《詩的偉大想像》，轉引自劉小楓：《詩化哲學》（山東：山東文藝
　　出版社，1987 年），168 頁。

否定「物」的形式，仍無法避免創作中「物我」的體驗關係，從體驗中轉化「物」為「我」的意義充實、「我」的意識，否定「物」的形式，否定「我」在空間場域中的形式，從這種非成人式的邏輯、以童真來看事物，是葉覓覓體驗世界的特有形式，如〈蟻鼠移樹姨叔遺書醫術已輸藝術〉這首詩，這首詩是一首相當長的散文詩，詩後的小記說：「第二次逛 MoMA（紐約當代藝術博物館），到處都是持著相機拍照的人。他們一指接著一指拍攝那些名畫，與拍自由女神沒有兩樣，我遠遠觀賞他們，像在看一件流動的大型裝置藝術[19]。」葉覓覓此詩從主體意識對紐約當代藝術博物館的視域出發，跳脫出既有對藝術形式的觀照，辯證所謂「藝術」的「物」本質，進而明晰自我在界域中的存有，此詩的題目：「蟻鼠移樹姨叔遺書醫術已輸藝術」已經透過同音字試圖瓦解、混亂文字對「藝術」的指涉，此詩的第二段則辯證了藝術與「我」的「物我關係」：

> 畢卡索大概沒有想過自己會變成景點被如此觀光，被收藏進成千上萬臺相機裡。於是這又牽扯到誰才是誰的景點的問題。說穿了我們才是真正的景點吧。四處旅遊，用各種自然

---

[19] 葉覓覓：《越車越遠》（台北：田園文化，2010 年 6 月），頁 39。

　　風景、各種動物、各種美食、各種教堂和廟宇，來陪襯自己。
　　其實是那裡到過我，而不是我到過那裡[20]。

這一段辯證了「物—我」的結構，葉覓覓否定了形式上「我在注視物」，以「物」為主角的藝術及風景，凸顯出在意識流中[21]，以意識為主體的意向活動被否定，尤其以最後兩句「其實是那裡到過我，而不是我到過那裡。」顛覆了一般我們在空間中活動、旅遊，意向到景點的既定形式結構的關係，凸顯出以「我」的主體意識本質是空乏的，是為對「物」的感受所充實，如 Harvie Ferguson 所說：「感受是非自主的。雖然它看似從我們內在而來，但它徹底地外在於我們的控制。在感受中我們總是感到某種疏離之物的存在，某種不是我們自身的事物。感受擄取我們；它推動我們[22]。」葉覓覓表述出意識本身是在體驗的感受中，來充實自己（陪襯自己），藝術、景色空間雖然是「某種疏離之物的存在」，但透過意識的感知「擄取我們」，藝術、景色空間讓「我們」在其之中，「我們」成

[20] 葉覓覓：《越車越遠》（台北：田園文化，2010 年 6 月），頁 37。

[21] 關於意識流，可參考胡塞爾：〈作為現象學的自我組成的意識與作為內感知的意識〉收錄於倪梁康編：《胡塞爾選集（上）》（上海：上海三聯書局，1997 年 11 月），頁 527。

[22] 弗格森（Harvie Ferguson）著，陶嘉代譯：《現象學的社會意味》（臺北：韋伯文化，2009 年），頁 184。

為被感受的「物」。此段散文詩辯證了「物—我」的關係位置，呈現「我」意識主體的空間位置，而最末段言也同樣辯證「物我」的關係：

> 所以就讓我一直一直走在你的左側吧
> 也許我會成為濕地成為苗圃
> 也許我們會溶成一支短片一張花鳥圖
> 也許有人就會擅自決定我們是藝術
> 用我們投影大幅懸掛
> 用柔美的燈光來蒸煮[23]

此段除了透過隱喻表述「我」的「意識的形式」為外在「物」所充實，用「也許有人就會擅自決定我們是藝術」辯證了「我」和藝術的關係。綜觀此詩，葉覓覓從藝術、景色空間與「我」的位置關係互相辯證，葉覓覓否定了形式上的主客位置，在書寫的表述中呈現自我本身從「不可見」的藝術感受主體意識轉變成「可見的」形式的過程[24]，「可見的」形式從「我們自己才是真正的景點吧」到我們成為「溶成一支短片一張花鳥圖」和被決定成藝術的

---

[23] 葉覓覓：《越車越遠》（台北：田園文化，2010 年 6 月），頁 39。
[24] 此處借用梅洛龐蒂的觀念。可參考王川岳：《現象學與解釋學文論》（山東：山東教育出版社，2001 年 7 月），頁 107。

感知客體，雖然葉覓覓在詩名上以同音字有趣地否定了藝術的形式，但透過藝術、景色空間和「我」的形式辯證，她以一種否定的形式呈現「我」的意識因為「空乏」得以為外在「物」所充實，自我的主體在體驗與表述客體中成為「自己」，而被充實的「自己」也可成為他人的「客體」。綜言之，葉覓覓否定「我」的客觀性，認為「我」是由外在物所充實，據此，呈現其所認知的自我的內在意識。

自我意識在生活空間場域的展開

除了純粹從「我」來指涉「我」以明晰自我意識的展開外，因為人總是被拋入「在世」中生活著，生活形態與方式的表述也能夠呈現自我意識的表述，如海德格說：「我們就日常生活提供出來的東西不應是某些任意的偶然的結構，而應是本質的結構[25]。」日常生活所呈現的表象並不是任意、偶然形成，而是我們存有的本質結構。也就是說，日常生活形態的建構呈現出存有的自我意識的本

---

[25] 海德格著，王慶節、陳嘉映譯：《存在與時間》（台北：桂冠，1994 年 8 月），頁 25。

質，而詩的語言則可以呈現生活的表象[26]，故我們從葉覓覓描寫有
關詩中「我」在生活現象中的詩作，也能夠釐清葉覓覓自我意識的
呈現，在〈失眠的押韻練習〉這首詩中，我們看見葉覓覓如何感知
並且表述「失眠」的這個現象：

> 我對咖啡繳了睡
> 如此輾轉哪轉輾的不眠夜
>
> 明天×我要用鼻孔發射火箭×幫冰箱裡的吳郭魚打漁人結
> 後天×我要把時間的鋼盔磨碎×拿去餵花餵鳥餵一雙鞋
> 下個月×他們將會發明一種新款的綁匪×擅於駕駛飛碟並且
> 充滿銅臭味
> 大後年×我要買下一支粉色棒球隊×一起放牛吃草從事畜
> 牧業
> 下輩子×我要變成一張鬆弛的荒原×只需要幾片寂寞的雨屑×
> 不再需要睡
>
> 眼球無法歸隊×繳了睡×茫茫渺渺這一切×咖啡要賠

---

[26] 朱哲說：「語言是生活的表（現）象，一種語言也即是一種生活方式。」見
朱哲：《先秦道家哲學研究》（上海：上海人民出版社，2000年），頁218。

我只得在耳道鋪上鐵軌

來回運送一隻隻滑溜的韻尾

打發輾轉哪轉輾的不眠夜[27]

從〈2 個夜晚 9 個祕密──寫給 29 歲〉這首詩我們就知道葉覓覓重視詩的音樂性，而〈失眠的押韻練習〉更顯現出葉覓覓以押韻的音樂性引導意識及表述的形式的這種現象。我們換一個角度說，葉覓覓以不相關的文句造成趣味的音樂性，同時也否定意識的現實邏輯性，凸顯出被表述的超現實中的現實意識。葉覓覓時時挑戰那既定的語言形式，如第一段：「我對咖啡繳了睡／如此輾轉哪轉輾的不眠夜」刻意以諧趣的口氣顛倒主客體的關係說將「睡」繳給了「咖啡」，而使自己失眠，同樣「輾轉的不眠夜」亦加上了「輾轉哪」，改變並創新了敘述的形式結構。失眠是一種生命存有在時間流中的現象，葉覓覓在失眠現象中開展了她對時間的「預期」[28]，用「預期」來充實當下因失眠被感知的空乏視域，葉覓覓用超現實的活動表述並列來充實時間流中的「預期」以及當下的空乏視域，呈現意識想像的豐富與多元，而第三段只有一行：「眼球無法歸隊×繳了睡

---

[27] 葉覓覓：《越車越遠》（台北：田園文化，2010 年 6 月），頁 89。

[28] 海德格指出：「預期是將來的一種植根在期備中的樣式。」見海德格著，王慶節、陳嘉映譯：《存在與時間》（台北：桂冠，1994 年 8 月），頁 449。

×茫茫渺渺這一切×咖啡要賠」，呼應第二段意識對於將來的「預期」，用眼球的隱喻指涉意識對於將來的預期與前瞻無法回歸意識當下而失眠。此詩最末，葉覓覓則巧妙地以「耳道鋪上鐵軌／來回運送一隻隻滑溜的韻尾」的比喻，呼應此詩的押韻練習原來是刻意製造相似的響聲幫自己入睡。從這首詩我們可以領會到，對於葉覓覓來說，詩是一種音樂，也是一種生活遊戲的呈現。如克勞斯·黑德爾所說：「對於意識來說，在共現中已經包含著更廣泛經驗的權能性。所以，共現開闢了權能性的遊戲場，亦即視域[29]。」在主體在場的共同當下，可見的和不可見的都被主體所意識出來而形成視域，在主體意識的「共現」權能的特性中[30]，意識的表述可以是具有遊戲的意味，我們可以充分從這首詩中理解到葉覓覓透過詩所欲傳達的意識形式，是充滿音樂性和趣味、想像的遊戲形式的表述。

　　但對於葉覓覓來說，詩的示現不僅是趣味的遊戲，詩還是一種在現象上豐富多元的表述形式，如〈想見海〉：

　　想見海
　　不要陰沉的海／不要潦草的海

---

[29] 黑德爾著〈導言〉收錄於胡塞爾著，倪梁康、張廷國譯：《生活世界現象學》（上海：譯文出版，2002 年 6 月），頁 13。
[30] 共現具有想像的充實。

不要杯弓蛇影的海

想見海／可以擦掉黑眼圈

的海

可以在耳朵裡偷天

的海／換日的海

夜夜我在城市裡

燈光像煙霧／彈她們發放

紅心紙牌

喝一種用珍珠搖晃的奶

夜夜我

從別人的傘下躲／開

想見海[31]

這首詩不斷提及「想見海」，表述出詩中「我」對於想見海的渴望，
而這種渴望原因是第二段述及：「夜夜我在城市裡」，葉覓覓用「燈
光像煙霧」、「彈她們發放紅心紙牌」的徵象來隱喻城市的人際生活
空間，「喝一種用珍珠搖晃的奶」表述出「我」在城市的活動，其
敘述方式顯現出葉覓覓習慣以反客為主的主客體形式來瓦解一般

---

[31] 葉覓覓：《越車越遠》（台北：田園文化，2010 年 6 月），頁 129。

人習以為常的結構，凸顯內在主體意識所認知到的現實生活。第三段的表述「我」:「從別人的傘下躲／開」更明確地表述想見海是為了逃離城市的人際場域的結構，能夠恢復本真自我「可以擦掉黑眼圈的海」。此詩顯示出自我意識亟欲在城市的人際生活空間場域中抽離出來，而以「海」作為恢復本真自我的象徵，凸顯出自我應從人際空間抽離澄明一獨立個體的意識形式。

自我存有於時間場域的表述

前文討論〈想見海〉這首詩本質上是意識對城市人際場域空間的反思，而對時間議題的探索更能顯現出作者意識對於主體存有的反思與觀照。洪淑苓說:「時間是詩歌中常見的主題，同時它也最能夠表現詩人的人生觀與世界觀。人是特定時空下的產物，時間所觸及的，有神話的象徵、哲學的思考，當然也有詩人本身的獨特關照。[32]」在葉覓覓的《越車越遠》詩集中也有兩首明顯對時間議題

---

[32] 洪淑苓:〈蓉子詩的時間觀〉,《台大文史哲學報》,第 56 期（2002 年 5 月）,頁 356。

進行思索與表述的詩，如有影像詩形式的〈他們在那裡而我不在〉
就是葉覓覓表述她對於時間與存有探索的作品[33]：

> 手錶在那裡時間不在
>
> 時間在那裡人不在
>
> 人在那裡雞不在
>
> 鸚鵡在那裡神明不在
>
> 三點鐘在那裡九點鐘不在
>
> 春天在那裡冬天不在
>
> 日曆在那裡數字不在
>
> 我的右眼在今天　　可是左眼還留在昨天
>
> 我的左膝在後天　　右膝卻已經來到明年
>
> 難道這是一片五百年前的手摸過的五百年前的海嗎？
>
> 還是五百年前的海摸過的五百年前的手？
>
> 大家一起把時間踩破
>
> 然後假裝來到外太空

---

[33] 此詩有影像詩的形式，是六分鐘的黑白短片，曾獲得 2009 年義大利羅馬影像詩影展最佳影片獎。

時間不在那裡時間在

他們在那裡而我不在

時間不在那裡時間在

他們在那裡而我不在

最前面的前面就是後面

最後面的後面就是前面

最老的人一轉身就是最小的人

最小的人一轉身就是最老的人

時間不在那裡時間在

他們在那裡而我不在

時間不在那裡時間在

他們在那裡而我不在

此詩第一句「手錶在那裡時間不在」辯證了計量的物理時間與純粹
時間的關係[34]，第二句「時間在那裡人不在」的表述則呈現葉覓覓
觀察的純粹抽象時間與人的存在本質，指出人具有實在的身體形式
與抽象的時間無絕對相關，故詩句中將時間與人的關係加以否定，

---

[34] 關於「物理時間」的定義，可參考吳國盛：〈時間學新貌〉收錄於《誠品閱
讀》第 18 期，1994 年，頁 63。

可看出葉覓覓習慣的表述手法：以形式的否定來澄明內在意識的真實本質。接下來第一段用並置的方式表述出表述者所意識到的「物」的「不共同在場」，也就是「共同在場」的事物[35]，在時空場域中都不可能被意識到完全相同的位置，葉覓覓以事物之間的獨立性來明晰她所意識到的物理時間、純粹抽象時間和人存有的關係。

　　第二段則以身體來表述存有的時間性，陳維峰說：「從梅洛龐蒂的詮釋看來，肉身（flesh）存有在時間層積累的厚度會儲存在記憶之中，同時，在順利的表達過程中必然是以某種帶有意涵的存載物，成為表達者與觀者破譯禁錮生命枷鎖的利斧，這種表現特別呈現在藝術中。[36]」身體本身具有時間層累積的記憶，在表達過程中具有其意涵，這意涵是存有與時間共通共有的，葉覓覓以「我的右眼在今天　可是左眼還留在昨天」表達了她所意識到的身體時間[37]。此詩的第六段葉覓覓遊戲式的敘述辯證、拆解了時間的循環，但此遊戲卻「存在於某個由目的的嚴肅所規定的世界之中[38]。」

---

[35] 關於「共同在場」的說明，可參考沙特著，陳宣良等譯：《存在與虛無（下）》（台北：久大，1990 年 1 月），頁 384。

[36] 陳維峰：〈微物意象的寓言〉，《文字行動》（台北：財團法人世安文教基金會，2005 年 1 月），頁 132。

[37] 此段第一行的時距為「今天、昨天」，第二行的時距卻變成「後天、明年」，葉覓覓刻意破壞表述的規律性或邏輯性，清澄意識自由與任意的可能。

[38] 加達默爾著，洪漢鼎譯：《真理與方法（上卷）》（上海：譯文出版社，2004

此嚴肅的敘事即是葉覓覓企圖藉由遊戲式的語言否定自我在時間流中的存有，而自我的內在意識能透過表述超越外在客體時間，葉覓覓在此詩中不斷以「時間不在那裡時間在／他們在那裡而我不在」辯證時間的存有以及我、人、事物間的時空位置，同時也使整首詩具有急促節奏的形式，音樂性帶出時間性，而時間性卻為詩的內容所否定，而使全詩呈現矛盾衝突的張力。

〈連駱馬都有速度〉這首詩雖然也表現時間性，但這首詩是透過速度的隱喻來表現時間，「速度」也就是移動的速率，游喚說：「若有時間，動作即為時間之存在。若有存在，時間之流動即為我在之證明。詩，由動作，帶出時間的存在[39]。」故由動作移動產生的速度，不但為時間的證明，也為我存在的證明，而且若動作速度由意向客體展開，更為我感知存在以及客體存在之證明，這首詩也是以大量的並置顯出時間速度的急促：

今天，我和媽媽一起到公園，測試速度。

這是慢的
速度。這是甜的

年 7 月），頁 132。

[39] 游喚：〈時間與動作在詩中的作用〉收錄於《台灣詩學季刊》第 9 期（1994年 12 月），頁 139。

速度。這也是甜的

速度。這是快的。這是三個人的

速度。這是兩個人的

速度。這是一個人的

速度。這是沒有人的

速度。

媽媽說，連駱馬都有

速度。

我們用風測試落葉的

速度。用太陽測試樹木與湖水的

速度。然後用湖水測試鵝的

速度。測試輪船的

速度。每個人呼吸的

速度。離開地球表面的

速度。

一個叔叔走過來。他對我們眨眨眼睛。

媽媽說，那是屬於叔叔的

速度。我覺得這樣很好，大家都有屬於自己的

速度。請你們來看看我的

速度。像不像巧克力在嘴裡溶化的

速度？我很滿意我的

速度。

回家的時候，經過雪地，媽媽和我用腳印測試

雪

的

速

度

。

可是，我覺得雪太安靜了……

雪

，

沒

有

速

度

。

此詩用小孩的角色呈現「我」的意識，是「擬我表述」的敘述方式，
透過小孩童稚的敘述方式，使詩中意識表述的片段、割裂和大量的

並置得以合理化，讓意識的呈現更鮮明地從現實中凸顯出來。此詩一開始將「速度」指涉於「這是甜的」、「這也是甜的」、「這是三個人的」、「這是兩個人的」等等，讓「速度」的意義指涉不特定對象而具有任意性，表明了「我」所意識到的「物」都具有動作的「速度」，表明了「物」的動作性，而葉覓覓透過「大人」媽媽的表述：「連駱馬都有速度」，讓對「速度」的敘述更進一步具體的指涉，具體地指出「落葉」、「樹木與湖水」、「鵝」、「輪船」、「每個人」、「一個叔叔」的速度，也就是這些人事物在世的現身情態[40]，每個人事物，每個意向對象為詩中「我」所意向到的動作以及時間性，而詩中「我」也有本己的時間性：「我的速度。像不像巧克力在嘴裡溶化的速度？」葉覓覓用速度來說明她所意識到存有的人事物在變化中所開展的時間性，而已經落在地上的雪對於小孩來說失去了明顯的變化，沒有辦法從中感覺到時間性，葉覓覓藉此差異表現所意識到意識對象的時間性差異。在此我們注意到葉覓覓雖然否定現實的形式來澄清意識本質，但她並不反對詩的形式，如此詩前面所表述的對象具有速度感，在詩句表述時即緊密並置排列，後文表述地上

---

[40] 海德格說：「現身情態是『此』之在活動於其中的生存論結構之一。」相關定義可見海德格著，王慶節、陳嘉映譯：《存在與時間》（台北：桂冠，1994年8月），頁199。

的雪沒有速度,則以單字排列,透過詩行的排列呼應內文中「我」
所指涉的速度時間感受。

自我意識在愛情場域中的表述

　　情感是意識的基礎,勞承萬指出:「意識的第一個結構其性質
基本上是感情性的。這是因為嬰兒最初和外界的聯繫和交往視同成
人之間的感情性結構。[41]」勞承萬更說:「人的情感是要在外傾中
表現出來的,特別是藝術情感(只有內心體驗而不外現的情感不屬
於藝術情感)[42]。」換言之,自我意識奠基於情感而開展出來,藝
術作品的形式不但展現意識同時也展現情感,故我們從詩中自我意
識對情感的表述,可以看到意識最奠基、相當真誠的一個面向,尤
其是表述主體自我對抽象愛情主題的表述,可以藉由詩中的隱喻看
出意識表述的具體形式。愛情是主體際性間兩意識主體高度的認
同,具有情感的統一感,謝勒說:「真正的『情感統一感』,亦即將
自己的自我和他人的自我等同起來的行為,只是一種高度的感染。
它代表著一種位於那『在他人身上尋求認同』以及『自己跟自己自

---

[41] 勞承萬:《審美中介論》(上海:上海文藝出版社,2001 年 1 月),頁 258。
[42] 勞承萬:《審美中介論》(上海:上海文藝出版社,2001 年 1 月),頁 232。

我認同」的過程間的一道界限[43]。」也就是說，將自我意識和他人的意識感同共通的意識行為，這種意識行為也可以說是尋求認同的意識活動，而在愛情過程中意識活動本身的抽象將轉化為身體行為的具象以及詩中表述的具體隱喻，我們試看葉覓覓的〈你的喜歡有關無關我的喜歡〉：

> 我願意變成你的煙你的酒你的擦手巾
> 澆滅一些花與噴嚏
> 躺在你胸上的草地曬太陽
> 我會在橋頭等你的慢船
> 就算等掉幾口呼吸整片的黑暗
>
> 在吻和吻的抽屜裡
> 我們摸索彼此的熱浪
> 一枚指印就可以擦亮心腸
>
> 眼淚滴落之後就與眼睛無關
> 眼睛閉上之後就與你有關
> 橙的雲塊　藍的鼻息

---

[43] 舍勒（Max Scheler）著，陳仁華譯：《情感現象學》（臺北：遠流，1991 年 1 月），頁 19。

亂顫迷走的回音
你的有關無關我的有關

你的喜歡有關無關我的喜歡

沒有什麼是易乾的
沒有什麼是易乾的
愛很大
路還很長
乾脆就一起去動物園偷盜翅膀[44]？

雖然這首情詩的題目相當怪異，但它也有平凡的開始，第一句：「我
願意變成你的煙你的酒你的擦手巾」，表現出愛情過程中尋求認同
的抽象意識活動轉化詩中表述的具體隱喻，用具體的指涉表述出詩
中「我」對戀愛兩人的意識認同；第三段的「眼淚滴落之後就與眼
睛無關／眼睛閉上之後就與你有關」從身體和意識的關係表述出情
感的抽象性，情感即使可以用隱喻來指涉但其本身並不具有身體或
物象形式，故只有閉上眼睛，中止對具體形式的感知，才能夠澄明
「與你有關」的情感意識，葉覓覓在此詩中刻意辯證了主體際性中

[44] 葉覓覓：《越車越遠》（台北：田園文化，2010 年 6 月），頁 23。

「有關」和「無關」的意涵[45]，「你的有關無關我的有關」表示戀愛的兩者是獨立的個體，但「你的喜歡有關無關我的喜歡」則在有趣的反覆辯證中表述出愛情意識的模糊性，在葉覓覓的表述意識中，她不特別強調感情的任何一種特性，而只把感情視為一種生活情態，但卻是一種可以用「愛很大」、「路還很長」指涉的情感意識形式，而且是輕鬆、不沉重的，故詩末言：「乾脆就一起去動物園偷盜翅膀？」顯現出愛情意識輕鬆、活潑的一面。

〈你的喜歡有關無關我的喜歡〉是以戀人間的主體際性關係相互辯證來澄明愛情的意識，而〈愛是根號愛是蜜〉則是以表述者對愛情的隱喻呈現出自我意識對「愛」的指涉：

愛是根號愛是蜜　愛是心臟病

愛花力氣

愛很委屈很富饒很猶豫

讓我把你劈開

45　在現象學中，各個「自我」透過認識、共通和想像結合成「主體際性」，是
　　主體間認識、溝通的可能。在此指戀人間認識的意識結構。可參考蔡錚雲：
　　〈現象學總論（上篇）〉，《鵝湖月刊》，第 1 卷第 4 期（1975 年 10 月），頁
　　47。

擠出一些根號一些蜜一些心臟病

一些翻騰的思念

一些顛倒的日夜

像是沙漠擁抱沙　電擦亮電器

讓我擺渡你

假裝無計可施假裝浪靜風平[46]

這首很簡短的小詩，在葉覓覓習慣的並置表述形式下，第一段就呈現了葉覓覓對於愛的多種指涉，葉覓覓將「讓我把你劈開」這一句詩獨立成一段，用「劈開」和獨立一段強化了解構「愛」的動作，但解構「愛」之後，愛仍然是那些隱喻的指涉，而且更加具體：「一些翻騰的思念／一些顛倒的日夜」，而這些對愛情的指涉都是因為愛情是兩者間意識的認同，葉覓覓用「像是沙漠擁抱沙　電擦亮電器」的比喻來表述愛情的兩個主體間認同的現象，葉覓覓以「假裝無計可施假裝浪靜風平」來顯示詩中「我」在愛情中的經常產生的一種形式上必須為假裝的現身情態。這首詩很直接地呈現了葉覓覓以愛情為中心的意識表述，對「愛」所表述的隱喻出來是一種多元的、豐富的指涉。

---

[46] 葉覓覓：《越車越遠》（台北：田園文化，2010 年 6 月），頁 107。

結語：詩作為「自我」意識的表述形式

　　所有文學作品所產生的表述其實基本上都可以說是自我表述，表述作者自我所欲表述的意識。以海德格的角度來說，詩與思更是近鄰：「詩與思乃是道說（Sagen）的有式，而且是道說的突出方式[47]。」也就是說，詩可以澄明地表述出所欲表述的「思」，由於詩的特性可以善用符號、意象，透過符徵、符旨，超越現實地直指意識本質，因此顯然「詩」的語言是最能夠作為意識表述的語言，「我們所尋找的東西就在所說的詩意因素（das Dichterische）之中[48]。」然而詩的語言形式如何作為自我獨特的意識表述呈現？我們從葉覓覓的詩集《越車越遠》中看到透過肯定文字的任意性、創新詩集的形式，來肯定外在「物」的充實、否定自我的外在形式、顛覆「物─我」關係的表述以呈現葉覓覓所欲構築的「道說」[49]。而意識的本身是體驗性的、意向性的，是透過對他者、他物的意向

---

[47] 海德格著，孫周思興譯：《走向語言之途》（台北：時報，1993年），頁172。

[48] 海德格著，孫周思興譯：《走向語言之途》（臺北：時報，1993年），頁8。

[49] 海德格說：「『道說』意謂：顯示、讓顯示、讓看和聽。」見海德格著，孫周思興譯：《走向語言之途》（臺北：時報，1993年），頁220。

活動而累積成「我」的意識；一般人認為這是「他者」的「我化」，但葉覓覓的作品卻呈現「自我」是「空乏」的，是被客體所充實，否定了「自我」的形式，其所認知為「我」的「他者化」，所以葉覓覓喜歡用「他」、「她」或「他們」等第三人稱來當敘述主體，藉以讓自我從其表述的現實抽離出來，讓表述意識純粹為客觀表述意識，也就是透過第三者「間接」的自我意識表述。

　　本論文以葉覓覓在表述中可發現的「意向客體」所示現的意向弧，整理為「自我意識對『我』的表述」、「自我意識在生活空間場域的展開」、「自我存有於時間場域的表述」、「自我意識在愛情場域中的表述」，看見葉覓覓在詩的表述形式中重視文字的音樂性，同時喜歡用押韻有趣但不相關的語言，在詩中達到淡化詩表義的功能。她不重視現實的形式，常透過對現實形式的否定來肯定意識的本質，同時喜歡打破原有表述的邏輯結構，使語言意象斷裂，成為為表述者自我獨特創新的意識表述形式。但對葉覓覓來說，並非表述的形式完全不重要，例如〈他們在那裡而我不在〉用重複的敘述形式創造節奏的急促來表述時間感，〈連駱馬都有速度〉在字句排列的形式上呈現閱讀的速度感，在葉覓覓不同的意向活動表述中，我們看見葉覓覓將詩作為自我意識表述的形式，以否定現實形式卻又肯定詩作為表述形式的方式呈現其表述的活動形式，而達到超現實的意識本質指涉。希望本論文從上述幾種意向客體，如此的分類

討論能澄明葉覓覓的意識表述形式的幾種方式，同時也對研究詩作為自我「意識形式」的表達，能有奠基性的啟發。

刊於《臺灣詩學學刊》第 17 期

自我與他者的呈現：
隱地《詩歌舖》中主體際性敘述之研究

摘要

　　隱地是臺灣著名的出版人，早年創作小說，後寫散文、小品文、詩，出版著作數十本。隱地作品歷來受評論家重視，至今已有許多期刊論文從隱地的出版事業或小說或散文或新詩來論述或介紹。隱地身兼為出版人的詩人，平常生活需與人交際，因此在其生活中，不僅只觀照到自我意識的開展，比其他詩人更注意到他者的意識活動，詩作中除了自我觀照、也意識到他者的活動，更進一步透過詩作表現自我與他者的交流，例如〈詩歌舖〉就透過密集的店名、商品以及對話呈現「我」與「他者」的交流。因此，本書以隱地《詩歌舖》這本詩集為主，藉現象學方法由詩作的討論，挖掘隱地詩作中自我與他者的主體際性意識如何呈現敘述出來，進而看見重視

「自我」與「他者」交流的隱地如何在具有「主體際性」特色的敘
述中呈現他的意識世界。

前言

　　隱地是臺灣著名的出版人，早年創作小說，後寫散文、小品文、
詩，出版著作數十本。隱地作品歷來受評論家重視，至今已有許多
期刊論文從隱地的出版事業或小說或散文或新詩來論述或介紹[1]，

---

[1] 汪淑珍，〈「文學年記」人與事——[隱地著]《遺忘與備忘》、《朋友都還在
　　嗎？》〉，《全國新書資訊月刊》，140（2010.8）：59-62。張瑞芬，〈邊邊角角
　　看文壇——我讀隱地《朋友都還在嗎？——《遺忘與備忘》續記〉，《文訊》，
　　294（2010.4）：122-123。林文義，〈微型文學史——讀隱地《遺忘與備忘》〉，
　　《文訊》，290（2009.12）：96-97。汪淑珍，〈爾雅出版社出版品特色分析〉，
　　《正修通識教育學報》，6（2009.6）：79-115。李爽學，〈批評即傳記——評
　　隱地編《白先勇書話》〉，《文訊》，276（2008.10）：110-111。亮軒，〈正港
　　生活大師——讀隱地的《我的眼睛》〉，《文訊》，272（2008.6）：112-113。
　　秦嶽，〈謝盡千千萬萬人——評介隱地的《人啊人》〉，《明道文藝》，382
　　（2008.1）：114-118。章亞昕，〈老來得子的詩人——隱地〉，《明道文藝》，
　　380（2007.11）：42-48。歐宗智，〈感喟與感動——讀隱地長篇小說《風中
　　陀螺》〉，《全國新書資訊月刊》，100（2007.4）：53-54。莊裕安，〈讓我跟你
　　交換自由基——評隱地《風中陀螺》〉，《文訊》，257（2007.3）：112-113。
　　歐宗智，〈隱地散文的修辭特色——談《草的天堂》〉，《中國語文》，587
　　（2006.5）：93-95。季季、隱地、陳家慧，〈[文學對談]我們的六〇年代

──兼及年度文選與編輯生涯（季季 vs.隱地）〉,《明道文藝》, 362（2006.5）：
56-80。歐宗智,〈小品天地寬──讀《隱地二百擊》[隱地著]〉,《全國新書
資訊月刊》, 88（2006.4）：61-62。林家成,〈隱士·詩人·出版人：隱地〉,
《書香遠傳》, 29（2005.10）：42-45。林武憲,〈文學園丁的詩歌花園──隱
地《十年詩選》〉,《全國新書資訊月刊》, 80（2005.8）：59-60。宋雅姿,〈隱
地與他的文學宗教〉,《文訊》, 236（2005.6）：124-133。吳當,〈文學心,
故人情──讀隱地《自從有了書以後》〉,《明道文藝》, 346（2005.1）：52-54。
李長青,〈詩──影帝：在豪華大戲院聽隱地先生演講〉,《幼獅文藝》, 609
（2004.9）：128-129。應鳳凰,〈隱地與爾雅出版社〉,《金門文藝》, 1（2004.7）：
8-12。黃武忠,〈追憶那聲鑼──追憶洪醒夫、隱地、李潼、林宜澐〉,《聯
合文學》, 237（2004.7）：40-57。王文仁,〈閱讀,在生命中的位置：專訪
北一女駐校作家隱地〉,《臺灣文學館通訊》, 4（2004.3）：74-76。詹悟,〈隱
地的 2002 年是要說些什麼？[評《2002／隱地》]〉,《全國新書資訊月刊》,
58（2003.10）：62-66。張春榮,〈大自然的風吹著麥浪稻花──《2002／隱
地 Volume Two》〉,《文訊》, 212（2003.6）：30-31。丘慧薇,〈隱地──走
文學路回心的家〉,《家庭月刊》, 317（2003.2）：32-37。張索時,〈青春指
南──評隱地小說集《幻想的男子》〉,《明道文藝》, 321（2002.12）：114-128。
麥穗,〈品嘗從透明中逸出的一股醇香──讀隱地著《詩歌舖》詩集有感〉,
《全國新書資訊月刊》, 46（2002.10）：75-77。王盛弘,〈寫作群像──應
該感謝誰：側寫隱地〉,《幼獅文藝》, 583（2002.7）：24-25。林薇瑄、吳麗
娟,〈把文學當宗教,把爾雅當廟──永懷夢想的出版人：隱地〉,《出版學
刊》, 5（2002.6）：16-17。吳當,〈在[隱地]《詩歌舖》裡築夢〉,《明道文
藝》, 314（2002.5）：114-118。黃守誠,〈浪漫與寫實之間──[隱地]《詩歌
舖》裡的貨色試探〉,《文訊》, 198（2002.4）：27-28。張秀玉,〈夏日讀隱
地〉,《明道文藝》, 310（2002.1）：112-114。萬麗慧,〈等待文學的漲潮日
──訪爾雅出版社發行人隱地〉,《全國新書資訊月刊》, 25（2001.1）：41-44。
張春榮,〈天外黑風吹海立──隱地《漲潮日》〉,《明道文藝》, 198（2001.1）：
100-103。歐宗智,〈文壇一道可口的點心──談隱地自傳《漲潮日》〉,《文

尤其近年來幾乎每次隱地有新著作就引發論者的關注與評論，可見其著作在臺灣當代文學史上的地位。隱地於五十六歲時開始寫詩，孫學敏曾指出：「對於五十六歲的老作家兼新詩人而言，隱地的詩歌取景很自然地拋卻了奇幻的想像，其詩境傾向於對社會化人生的感悟和解剖，描述生和死、短暫與永恆、時間與空間、欲望與困惑、追逐與滿足等等，他致力於表現人生，如何存在於世、如何於世上超越，成為其詩歌創作的運思之源。從被動的存在到主動的超越，隱地的詩思圍繞著這兩個點展開，帶有明顯的哲理性和社會性[2]。」隱地身兼為出版人的詩人，平常生活需與人交際，因此在其生活中，不僅只觀照到自我意識的開展，比其他詩人更注意到他者的意識活動，詩作中除了自我觀照、也意識到他者的活動，更進一步透

訊》，182（2000.12）：28。章亞昕：〈隱身於人生的大地——讀隱地的《生命曠野》〉，《明道文藝》，294（2000.9）：65。郭明福：〈那條時光河——訪隱地談三十年的「年度小說選」〉，《文訊》，156（1998.10）：29-33。王德威，〈隱地與「爾雅小說選」〉，《出版情報》，117/118（1998）：23-25。呂大明：〈精緻在歲華裡——讀隱地詩集《法式裸睡》〉，《明道文藝》，262（1998.1）：122-126。劉俊，〈獨特而又純熟的詩世界——論隱地的《法式裸睡》〉，《聯合文學》，152（1997.6）：152-155。吳當，〈迷亂與秩序——試析隱地「耳朵失蹤」〉，《中國語文》，475（1997.1）：100-102。歐宗智，〈隱地！堅持下去〉，《明道文藝》，248（2006.11）：54-55。張索時，〈隱地的第二枝花——「一天裡的戲碼」〉，《明道文藝》，248（2006.11）：50-53。
2 孫學敏，《存在與超越》（台北：爾雅，2009），頁7。

過詩作表現自我與他者的交流，例如〈詩歌舖〉就透過密集的店名、商品以及對話呈現「我」與「他者」的交流。因此，本書以隱地《詩歌舖》這本詩集為主，藉現象學方法由詩作的討論[3]，挖掘隱地詩作中自我與他者的主體際性意識如何呈現敘述出來[4]，進而看見重視「自我」與「他者」交流的隱地如何在具有「主體際性」特色的敘述中呈現他的意識世界。

---

[3] 巴舍拉說：「胡賽爾式的現象學提供給感覺、知覺與想像力一種優位。」現象學討論由感覺、知覺和想像力所建構的表述能夠更加清楚澄明，如倪梁康所言：「一旦進入到現象學的領域之中，人們並可以發現，這裡的分析，有目可以共睹，有案可以共緝，有據可以共依。學院式的研究和信仰式的宣傳在這裡涇渭分明。現象學迫使人們去嚴格地思維和精確地描述……」因此現象學其實是精確切入文學作品進行研究的極佳工具，參見 Grieder, "Gaston Bachelard: Phenomenologist of Modern Science"，47。轉引邱俊達，〈朝向詩意空間：論巴舍拉《空間詩學》中的現象學〉，（高雄：國立中山大學哲學所碩士論文，98），13。倪梁康，〈何謂現象學精神？──《中國現象學與哲學評論》第一輯代序〉收錄於《現象學的始基──胡塞爾《邏輯研究》釋要（內外篇）》（北京：中國人民大學出版社，2009），頁220。

[4] 「主體際性」或「主體間性」、「互為主體」是現象學對於「自我」與「他人」主體的個體間現象之闡釋，胡塞爾認為透過感知的移情，可以意識到他人的主體存有，認識到為我展示的這個世界。參見胡塞爾著，《第一哲學》（下）（王炳文譯）（北京：商務印書館，2006），頁246。

自我與他者的人際場域結構

　　在探討隱地《詩歌舖》詩作前，必須先針對「自我」、「他者」以及自我與他者所建構的人際場域進行論述，分析出「自我」、「他者」以及「自我—他者」的人際場域間的意義，自我和他者的經驗和意識都可能具有雜多性的系統[5]，因此透過現象學式括號、存而不論的討論[6]，能使「自我」、「他者」間的意義及關係更加清澈，將詩作中「自我」與「他者」界定清楚，有助於我們對於隱地詩作中主體際性的敘述，能有更澄明的理解。

---

[5]　參見胡塞爾著，〈現象學與認識論，1917〉收錄於其著，奈農、塞普編，倪梁康譯，《文章與演講》（胡塞爾文集）（北京：人民出版社，2009），頁184-185。

[6]　所謂「加括號」或「存而不論」、「懸置」，都是胡塞爾主張的現象學研究方法，吳汝均說這幾個名詞：「都是指對有關視界或外界存在的設定或假定抱保留的、懷疑的態度，暫時不對它們做出任何判斷，不肯定，也不否定外在視界的存在。即是說，對於超離意識範圍外的東西，不作任何有關其存在的判斷。」也就是以加括號的方式，使原本雜多的意識系統得以純一，更方便研究其意義。見吳汝鈞：《胡塞爾現象學解析》（臺北：台灣商務，2001），頁45。

（一）敘述中的「自我」呈現

胡塞爾說：「自我就是它本身在與意向對象的相關時之所是，它始終具有存在者和可能方式的存在者，因而它的本質特性就在於，不斷地建構意向性的系統並且擁有已經構成的系統，這些系統的編目就是那些為本我所意指、所思考、所評價、所探究、所想像和可想像的對象，以及如此等等[7]。」他指出自我是不斷進行意象活動來充實原有的「我思考」、「我評價」、「我探究」等等的意向主體。以此來看，自我是一個不斷認識包含「他者」的這世界的主體，胡塞爾又說道：「自我只有在他的結合成統一的意向生活，以及在這種生活中做為意向對象的相關物的無限敞開的普遍性中，才是具體的自我[8]。」自我的一個主要特性就是不斷地意向到意向客體，透過客體的敞開而構造自身。換言之，自我的一個主要的特性就是在生活中認識物，因此在詩作中我們可以看見自我一個主要的特徵，就是表述「自我」所意向到、認識到或體驗到的物[9]，透過對「意向客體」的表述，自我得以建構其具體在世的「自我」。而在

---

[7] 胡塞爾著，〈文本 A 巴黎演講〉收錄於其著（張憲譯）《笛卡爾沉思與巴黎演講》（胡塞爾文集）（北京：人民出版社，2008），頁 23。

[8] 胡塞爾著，《笛卡兒的沉思：現象學導論》（張憲譯）（台北：桂冠，1992），頁 47。

[9] 這邊的「物」包含可見的自身。

認識意向客體的過程中，自我會發現時間在具體世界的綿延，在其時間意識中把在當下內在的生命體驗，轉換成為在世界的自我呈現[10]，因此如孫學敏所說：「詩作為隱地活得真實的理由，他把時間與現代生活緊密結合，時間在現代生活裡作為一種秩序存在並規定著人們的生活[11]。」我們可以在隱地詩中發現證明其「活著」的時間感知，也就是其詩中對時間意識的表述中，發現其自我的存在徵象。

在我們確認了如何在詩中發現「自我」意識的幾個徵象後，也同樣注意到「身體」是自我的徵象之一，梅洛龐蒂指出身體是我存在的關聯物[12]，鄭慧如說：「在流轉的時間中，身體正是作者回憶過去、立足當下、眺望未來的憑藉。在穿織的空間裡，身體也是認定自我生命狀態的依據。[13]」身體確認了自我在時間的綿延與空間的廣袤中存有，龔卓軍更指出身體是一個「零度身體」，不僅在此中形構出「自我」形象和自我的意向活動，也由此投射出物理空間、

---

[10] 參見謝雪梅，《虛構敘事中時間的分形》（浙江：浙江大學文藝學博士論文，2006），頁 6。

[11] 孫學敏，《存在與超越》（台北：爾雅，2009），頁 34。

[12] 參見梅洛龐蒂（Maurice Merleau-Ponty）著，《知覺現象學》（姜志輝譯）（北京：商務，2001），頁 405。

[13] 鄭慧如，《身體詩論》（台北：五南，2004 年），頁 81。

價值感受、個別物體、他人身體……[14]，換言之，身體不但是自我
的樣貌，也是意向活動以及認識他者的奠基，故身體是自我的重要
徵象。本書將據以上的討論，從隱地詩集《詩歌舖》發現其「自我」
的呈現。

（二）敘述中的「他者」呈現

他者就是自我以外的事物，然我們在此所謂的「他者」是一個
可以與自我建構出「主體際性」的外在主體，也就是「異己」，游
美惠說：

> 他者／異己是與「自我」（self）相對照的一個概念。他者／
> 異己對於界定「正常」（defining what is "normal"）和界定人
> 們的主體位置和相當重要[15]。

換言之，他者就是自我以外的一個概念，可供界定自我主體的位
置，夏忠憲所說：「世界是由差異構成的，差異就包含著矛盾和對
立。換言之，沒有差異，沒有矛盾和對立，就沒有世界。而自我與

[14] 龔卓軍，〈身體與想像的辯證：尼采，胡塞爾，梅洛龐蒂（五）〉，《文明探索》，32（2003.1）：140。
[15] 游美惠，〈他者／異己〉《性別平等教育季刊》，38（2006.12）：80。

他者的區分構成了最基本的對立，他是其他一切差異的基礎[16]。」
也就是說，他者是自我的對立，自我世界的差異對象，是構成世界
的奠基。事實上，現象學的世界思維，就是將「自我」建立於和「他
者」或是外在世界的互動上，經由「他者」才能深切體認到真正的
「自我」[17]，然而如何從詩中確定表述的他者？龔卓軍指出現象學
透過「身體感」為起點，在對他者身體的顯現和運動獲得移情
（emparthy）瞭解的基礎上，才能落實客觀認識[18]。

　　龔卓軍解釋「身體感」說道：「『身體感』可以說是身體經驗的
種種模式變樣當中不變的身體感受模式，是經驗身體的構成條件，
也可以說是這些模式與構成條件所落實下來的習成身體感受……
從時間的角度來說，『身體感』不僅來自過去經驗的積澱，它也帶
領我們的感知運作，指向對於未來情境的投射、理解與行動。[19]」
據此，身體感是身體感官的經驗，自我透過身體感官的經驗對「他
者」進行體驗。我們在文學作品中看到的「他者」，也通常是作者

---

[16] 夏忠憲，《巴赫金狂歡化詩學研究》（北京：北京師範大學出版社，2000），
　　頁 23。

[17] 參見簡政珍，《台灣現代詩美學》（台北：揚智，2004 年），頁 82。

[18] 參見龔卓軍，《身體部署：梅洛龐蒂與現象學之後》（台北：心靈工坊，
　　2006），頁 30。

[19] 龔卓軍，《身體部署：梅洛龐蒂與現象學之後》（台北：心靈工坊，2006），
　　頁 69-70。

表述「自我」透過視覺、聽覺等身體感官的經驗呈現出來，呈現出相對於「自我」、自我以外的「異己」，這也是本書所要論述的「他者」。然而，我們可以從隱地的詩作中發現其人善於且喜歡與人交流、交際，故其詩作很少純粹客觀地表述「他者」，而是將「他者」作為人際場域中，具有主體際性的交流對象。

（三）「自我」與「他者」主體際間的人際場域

「場域」是皮埃爾·布迪厄（Pierre Bourdieu）提出的一個理論，他說：「我們可以把場域設想為一個空間，在這個空間裡，場域得以發揮，並且，由於這種效果的存在，對任何與這個空間所關聯的對象，都不能僅憑所研究對象的內在性質予以解釋[20]。」他提出場域是一個類似空間的結構，研究場域空間的對象必須要考量到它在場域中的位置與彼此的關係，所以他又說：「一個場域的動力學原則，就在於它的結構形式，同時還特別根源於場域中相互面對的各種特殊力量之間的距離、鴻溝和不對稱關係[21]。」就一個人際

---

[20] 布迪厄（Pierre Bourdieu）、華康德（L.D. Wacquant）著，《實踐與反思——反思社會學導引》（李猛、李康譯）（北京：中央編譯局出版社，2004），頁138。

[21] 布迪厄（Pierre Bourdieu）、華康德（L.D. Wacquant）著，《實踐與反思——反思社會學導引》（李猛、李康譯）（北京：中央編譯局出版社，2004），頁139。

結構的場域而言，其中人的位置以及組織的結構（認識、交談、支配、屈從等關係）會影響到此人在場域中的意義。故皮埃爾·布迪厄才指出在場域中，研究對象不能僅就於其內在性質來解釋。

當我們在本書中發覺到隱地詩中「自我」與「他者」的呈現後，進一步去觀察隱地詩中「人際場域」的表述結構，在場域中，並不只有「自我」與「他者」的個體，而是外延出主體際交流的意涵，是「自我」對「他者」的意識與反思，陳曉明就指出：

> ……「在場」是建立本體論、目的論從而達到實在真理的根源，「在場」是中心、實體、整體的基石。在德里達看來，永遠會有種東西越出或溢出這個中心實體，永遠存在有補充、邊緣、缺席、延擱、空間，在其中書寫著哲學本文，這個空間構成了哲學可理解性和可能的條件[22]。

「在場」建立了本體的內延與外延論述的根基，確立了主體在場域中的位置與結構，使主體以及整個場域空間具有被理解的可能。在詩作被表述出來的人際場域中，是可以發現所有的意識都是因為「在場」得以開展，而人際場域所開展的就是主體際的意識、交流、

---

[22] 陳曉明，《解構的蹤跡：歷史、話語與主體》（北京：中國社會科學出版社，1994），頁19。

對話，自我透過對他者主體際間的移情、移識[23]，澄明出自我的意
識以及對「他者」意向活動中所給予的意義。而隱地《詩歌舖》中
有多首描寫自我主體和他者交流的詩作，我們透過這些詩篇的討
論，可以明晰隱地其個人獨特的主體際間的體驗，以及其對於主體
際間的人際場域之意識呈現，可架構出一個屬於隱地「人際場域」
的世界觀。

隱地《詩歌舖》中自我的表述

　　前文述及孫學敏認為：「詩作為隱地活得真實的理由，他把時間
與現代生活緊密結合。」人總是生活在時間當中，無時無刻不與時
間產生關聯，所以胡塞爾說：「存在之物的任何一種構造和在任何階
段上的構造都是一種時間化[24]。」存在本身在構造上都是在時間中
構造、在時間中存有，對胡塞爾而言，是一種時間化。在隱地〈靜
畫〉這首詩中，表現出隱地對於空間中自我在時間化過程的感知：

---

[23] 「移情」或「移識」是胡塞爾對於主體際間，提出得以認識「他者」的一
　　種方法，可參見蔡美麗，《胡塞爾》（台北：東大圖書，1980），頁 128。
[24] 胡塞爾著，《生活世界現象學》（倪梁康、張廷國譯）（上海：譯文出版，
　　2002），頁 23。

在頌歌聲中
時間讓我沉定禪思
■

落地窗外的櫻花樹
飛進兩隻小鳥
起舞花間　調情嬉戲一番
又飛走了
■

我看著花　看著樹
流水的聲音告訴我
時間在慢慢溜走
■

天地寂靜　「歲月無驚」
一個坐成　安謐的畫中人
像一件靜物
■

櫻花一瓣　慢慢落下[25]

---

[25] 隱地，〈靜畫〉，收錄於隱地《詩歌舖》（台北：爾雅，2002），頁 20-21。

這首詩以「靜畫」為詩名，如萊辛所說：「繪畫用空間中的形體和顏色，而詩卻用在時間中發出的聲音[26]。」繪畫原本呈現的是空間，難以呈現時間感，而隱地這首〈靜畫〉雖在畫上冠了「靜」字，企圖凸顯時間的「懸擱」，呈現當下「自我」所在的空間畫面。而「靜畫」框定了詩中「我」當下的空間，然詩中卻透過「在頌歌聲中」的音樂傳達了空間中的時間意涵[27]，這也是隱地想表述自我在時間中存有的意欲，故言：「時間讓我沉定禪思」，深刻地表述出自我與時間的關係。

　　且在此詩中的「我」所意向到的事物都有深刻的時間意涵，如第二段：「落蒂窗外的櫻花樹／飛進兩隻小鳥／起舞花間　調情嬉戲一番／又飛走了」，此段純粹敘述小鳥的動作，誠如游喚所言：「若有時間，動作即為時間之存在。若有存在，時間之流動即為我再之

---

[26] 萊辛，《拉奧孔》（朱光潛譯）（北京：人民文學出版社，1981），頁 82。

[27] 音樂、旋律是在時間中展開的，胡塞爾就曾以音樂的旋律來論述時間。而鄭慧如更指出詩與繪畫、音樂的關係，她說：「詩是聽覺藝術和視覺藝術的文字表現，在時空的塑造上，受到繪畫和音樂很大的啟發。繪畫啟迪意象，架設空間，直接關係到主題。音樂啟迪節奏，架設時間，間接突出了情緒。」顯然，在隱地〈靜畫〉此詩，第一句的「在頌歌聲中」就已經圖顯出時間感，帶出了自我「沉定禪思」的情緒。參見胡塞爾，〈內在時間意識的現象學講座〉收錄於（倪梁康編譯）《胡塞爾選集（上）》（上海，上海三聯書局，1997），頁 542。

證明。詩，由動作，帶出時間的存在。[28]」詩中小鳥的動作敘述烘托出時間的存在，繼而第三段，透過「我」對花、對樹和流水的注視，更加確定「自我」存在於時間之中，但隱地此詩的敘述不止於此，他更細微地描寫「當下」自我的情狀，將「沉定禪思」的詩中「我」，比擬成「一個坐成　安謐的畫中人／像一件靜物」，表述自我在當下空間的寧靜，隱地刻意把「一個坐成安謐的畫中人」此句話用空格斷句隔開，除了有和前句排比的效果外，也塑造了一種當下緩慢幾近靜止、安謐的節奏情調，但最末段「櫻花一瓣　慢慢落下」卻又以「櫻花落下」提醒了時間的存在，烘托出自我於具有畫面感的空間裡，在當下悠然、緩慢的時間中存有。

　　隱地相當注意自我在時間流中的存在，透過詩表述其活得真實的理由[29]，而身體就是生存的象徵、是生存的現實性[30]，身體圖式呈現自我的現象，是表達自我現實性本身[31]，因此隱地在其詩作中，更常透過「身體」來表現自我存有的現象，如〈身體裡的河〉：

---

[28] 游喚，〈時間與動作在詩中的作用〉，《台灣詩學季刊》，9（1994.12）：139。

[29] 參見孫學敏，《存在與超越》（台北：爾雅，2009），頁34。

[30] 參見梅洛龐蒂（Maurice Merleau-Ponty）著，《知覺現象學》（姜志輝譯）（北京：商務，2001），頁216。

[31] 參見梅洛龐蒂（Maurice Merleau-Ponty）著，《知覺現象學》（姜志輝譯）（北京：商務，2001），頁300。

身體裡有一條會呼吸的河

輕輕地流

當我側躺

身體成為一座高低起伏的山

如果我站立

它是山澗裡一條細細的小瀑布

換成大字型的平躺

河流追逐河流　變成千湖園

水聲和水聲混音合唱

歌詠我的肉身——他的大地

■

我要清明地活

身體裡的河

就永不乾涸

像快樂小草　感激

每天清晨的朝露[32]

這首詩僅分兩段，節奏相當簡明輕快，而且意象鮮明清晰，首段隱喻「身體裡有一條會呼吸的河」，身體裡的河很容易讓我們聯想

---

[32] 隱地，〈身體裡的河〉，收錄於隱地《詩歌舖》（台北：爾雅，2002），頁76-77。

到血管、血液。隱地鮮明地表述出詩中「我」的身體各種動作形態以及身體內河流的相對樣貌，身體的動作和河流的相對樣貌揭示出身體在連續的時間流中存在。隱地在首段就透過對「自我」身體的表述，揭示了自我正面積極的一面：「水聲和水聲混音合唱／歌詠我的肉身──他的大地」，詩中音樂的歌詠凸顯隱地正面、積極地看待自我的身體；第二段隱地更直陳詩中「自我」正面積極的生命態度，敘說：「我要清明地活」，說明如此身體裡的河就永不乾涸，然血液並不會因為生活是否清明而乾涸，故從此段可知，身體的河不僅止於隱喻「血管或血液」，而是一種清明、正面的態度，隱地並把身體裡的河隱喻為「快樂的小草」，將自我的情感透過「身體」移情到那條象徵正面清明的「河流」上，小草感激「每天清晨的朝露」隱喻生命在時間流中正面地看待時間、看待生命。

綜觀此詩，透過身體內的「河」隱喻隱地自我在時間中、生命中面對自我的態度，透過身體在時間流中的開展，表現出其積極樂觀的生命時間意識，全詩多短句，尤其以第二段幾乎為短句構成，是其刻意塑造自我身體所展現出來的時間徵象是輕快而清明的。

然而〈寂寞〉這首詩，也是透過身體的形象作「自我」的確認，卻表現出隱地的另一種情思：

我看著鏡子裡的你

你看著鏡子外的我

我笑了

你也笑了

■

寂寞的時候

我們這樣互相笑一笑[33]

這首詩寫出自我的觀照，說得更精確一點，寫出自我意識對自我身體的觀照，這首詩敘述「我」透過鏡子意向到自我的身體，因為鏡子反映出身體的空間畫面出來。梅洛龐蒂也曾用鏡子來比喻身體的空間性，他說：「肉身是鏡子現象，鏡子是與我的身體關係的延伸。鏡子＝事物的一個圖像（Bild）的實現，我─我的影子的關係＝（語詞的）本質（Wesen）的實現[34]。」梅洛龐蒂將鏡子比喻成事物圖像的實現，就如同肉身是「我」身體的呈現一般，肉身呈現了身體的空間感，而肉身和鏡子都呈現了一個空間畫面，正如〈寂寞〉此詩就將鏡子表述為自我身體圖像的呈現，鄭金川說：「人存在世上，

---

[33] 隱地，〈寂寞〉，收錄於隱地《詩歌舖》（台北：爾雅，2002），頁58-59。

[34] 參見梅洛龐蒂著，《可見的與不可見的》（羅國祥譯）（北京：商務印書館，2008），頁326。

『身體』的空間性，就是『情境』的空間性。這個情境，也正指出人與世界的關係，是一個『動態的辨證』關係[35]。」隱地這首詩透過鏡子呈現了身體的空間性，但隱地的表述企圖不僅於此，他是要表達一個「空間情境」，他意向到自我的身體，或者說，在「寂寞」的時候，詩中「我」僅能意向到自己的身體。在詩中，「我」的意識是「笑」的，「我」意向到「身體」的徵象也是「笑」的，彷彿將自我的身體當成另一個主體，形成主體際性的交流。然而這樣的「笑」與「寂寞」相襯反而更彰顯出對於寂寞感受的想像。因為寂寞，而僅能自我意向自己的身體，將自我的身體圖式想像成另一個主體，呈現出自我孤獨寂寞的意識出來。

　　〈寂寞〉是一首表述結構很簡單的詩，相較之下，〈黑心獸〉表述身體圖式在時間流中衰老的自我觀照，進而自我辯述出對美的論證：

　　　　一隻怪獸朝我慢慢走來

　　　　仔細地瞧

　　　　原來就是我自己

　　　　什麼時候

　　　　時光已經把一個俊秀少年變成

---

[35]　鄭金川，《梅洛─龐蒂的美學》（台北：遠流，1993），頁 34。

一隻慵懶的貓

一頭行動遲緩的狗

一匹兇不起來的狼

■

啊　時光

你讓春天的原野變成一座花園

你讓月亮鑲上銀光

你為何不讓我恢復年少

（時光之神笑了）

他說：

我親愛的兄弟

月圓只有幾天

花開只有一季

我讓你活得這麼久遠

你不該嘆息

讚美我吧

用你還看得見的眼睛

欣賞宇宙之美　至於

醜惡　都是人和人之閒鬥爭而起

獸不醜　獸是造物主的精品

醜的是人心──

一顆不停鬥爭的黑心[36]

身體作為意識主體在感知和表述自我的同時，身體也可以是被感知和被表述的客體，而身體在被感知和被表述的客體同時也具有同物一樣的時間性和空間性[37]，而且身體身為「生物」本身，也具有「生物性」的時間徵象[38]。換言之，身體在時間流中的時間化過程中，具有可感的時間徵象。隱地在〈黑心獸〉這首詩中，透過敘事的方式，呈現詩中自我對於身體的時間徵象的訝異。海登・懷特說：「敘事描繪出作為其初級指涉物的總體事件，並且把這些事件轉變成意義樣式的暗示[39]。」在〈黑心獸〉此詩，我們可以看見隱地先描寫初級指涉物的事件：「一隻怪獸」，敘述這怪獸原來是「我自己」，繼而回憶自我過去是「俊秀少年」，變成當下隱喻自我的「貓」、「狗」、「狼」的獸，我們從這些事件中可以看見詩中「我」對身體圖式在時間流中變化的感傷，且藉由此詩第一段的敘事，其誤認自

---

[36] 隱地，〈黑心獸〉，收錄於隱地《詩歌舖》（台北：爾雅，2002），頁 22-24。

[37] 身體具有的時間性和空間性（綿延和廣袤）是作為存有主體的根源，在此所說的時間性和空間性則專就身體「物」的特性而言。

[38] 也就是成長、衰老等種種時間徵象，或許也可以以高矮胖瘦來顯示身體的空間徵象。

[39] 懷特（Hayden White）著，《形式的內容：敘事話語與歷史再現》（董立河譯）（北京：文津，2005），頁 63。

己是「怪獸」，更鮮明呈現自我對於身體圖式變化迅速的錯愕。我們在第一段可以看見，隱地巧妙地利用敘事暗示了身體時間徵象改變之速。

在隱地敘述感嘆自己不再年少時，他設想了一個「時光之神」，設想與其交談相互辯證，建構一個虛擬的主體際關係，然而這裡的主體際關係並不是透過「身體」形象的感通，隱地設想時光之神用語言與詩中「我」進行交流。梅洛龐蒂指出，運用語言交流的現象說道：「一旦人使用語言來建立和他本人、和他的同類的一種活生生的關係，語言就不再是一種工具，不再是一種手段，而是內在的存在以及把我們和世界、我們的同類連接在一起的精神聯繫的一種表現，一種體現[40]。」在此，語言不是一種手段、工具，而是詩中「自我」與詩中時光之神的精神聯繫，一種共通的意識呈現，其所呈現的意識正是人類活著可以用眼睛欣賞宇宙之美，即使年老如獸亦是造物主的精品，歌頌了自我生命在時間流中的體現。這也是隱地積極正面地對待自我在時間中存有的態度。

從以上對隱地《詩歌舖》中幾首表述「自我」的詩作論述，我們可以發現隱地慣於從身體形象表現自我，並且意識到自我在時間流中的存有，然而隱地喜透過主體際的敘述來呈現其創作意識，即

---

[40] 梅洛龐蒂（Maurice Merleau-Ponty）著，《知覺現象學》（姜志輝譯）（北京：商務，2001），頁 254。

使在表述「自我」的時候，他也可能設想出如「鏡子中的你」或「時光之神」，透過自我與他者的差異或同一，使「自我」的意識與形象能更加澄明。

「自我」與「他者」人際場域中的意識呈現

我們從前文的論述中，我們發現隱地即使在表述「自我」時，也常擬構出「他者」來澄明自我的表述形象，隱地是長於且樂於意向表述與「他者」主體際間的關係，而且其表述的關係所呈現的人際場域中，主體際的位置也極為親密，如〈圓舞曲〉：

> 我是海上的波光
>
> 你是天上的月圓
>
> 我是枝頭的嫩芽
>
> 你是圍繞我旋轉的春天
>
> 我是提琴上的一根弦
>
> 你是挑逗我愉悅的弓

> 我是青青草原上的一朵小花
> 你啊，你的眼睛擁著我跳一場舞[41]

在這首簡短的小詩中，隱地連續用了四組對句完成了這首詩，前兩組「波光」、「月圓」或「嫩芽」、「春天」，「月亮」造成海上的「波光」，春天使得枝頭長出「嫩芽」，此兩組對句呈現「我」與異己的「你」在人際場域中的位置彷彿是因果的必然。而第三組對句以「提琴上的弦」與「弓」表述兩者的關係位置是本質上被確定搭配的。然前三組對句所構成的人際場域位置彷彿都只是被規定而非出於自願，在最末組對句，則可以看見「他者」的「你」是出於其自由意識「擁著我跳一場舞」，敘述詩中「我」所欲呈現的兩者關係相當自然親密。

〈圓舞曲〉可顯而易見地是一首情詩，但隱地連續用了許多隱喻敘述主體際的關係，可見擅長表現詩中「自我」與「他者」的關係結構，是相當明確的。而若說「圓舞曲」是必須兩個人一同進行的活動，在〈種花的下午〉這首詩中，同樣敘述兩人進行的活動「種花」。然而在〈種花的下午〉這首詩中，「自我」與異己的「他者」的關係更為親密，轉變成「我們」的敘事角度，「我們」的敘

---

[41] 隱地，〈圓舞曲〉，收錄於隱地《詩歌舖》（台北：爾雅，2002），頁 54-55。

事角度，代表視角的統一，而視角的統一可說是主體際間意向活動
的親密無間，擁有共同的視域，請看此詩：

> 下午　　不喝茶
> 我們種花
>
> ■
>
> 走了樣的花
> 需要扶正　　修剪
> 把歲月的風霜
> 掃除　　讓花有一種新花樣
>
> ■
>
> 我們種更年輕的花
> 花園　　彷彿來了跳舞的
> 卡門姑娘
>
> ■
>
> 種花的下午
> 我心如飛翔的一朵雲[42]

---

[42] 隱地，〈種花的下午〉，收錄於隱地《詩歌舖》（台北：爾雅，2002），頁 42-43。

在這首詩中，「他者」已經與詩中「我」統一為「我們」的視角，第一句言：「下午　不喝茶」，隱地顯然在詩中意欲呈現過去下午我們是喝茶的情況，而當下的下午否定了喝茶的活動。換言之，隱地詩中敘述的「我們」是在過去時間中經常共同活動的，這首詩正是透過「種花」表現出詩中「我們」在時間流中的活動，而「花」綿延的時間徵象則呈現了詩中「我們」所處的場域中時間變化，我們看見「走了樣的花」、「歲月的風霜」、「讓花也有一種新花樣」、「更年輕的花」就是在場域中「花」的時間象徵，花是以事物的形態作為「我們」的時間參照物。楊國榮說：「事物不僅以個體的方式存在，而且展開為相互之間的關係，後者同樣內含著時間中的綿延同一。與個體自身的規定總是呈現相對確定的性質一樣，事物之間的關係也具有連續性[43]。」在此，詩中的「花」並不是以個體獨自存在的，與詩中「我們」展開「相互之間」的關係，使詩中的「我們」也從「花」的時間徵象裡感受到時間的綿延[44]，呈現「自我」和「他者」的統一形式「我們」在時間流中存有、活動。

---

[43] 楊國榮：《形而上學引論——面向真實的存在》（台北：洪葉，2006），頁99。

[44] 「綿延」是現象學家柏格森對於時間流提出來的觀念。可參見柏格森（Bergson, Henri）著，諾貝爾文學獎全集編譯委員會譯：〈創化論〉收錄於《柏格森》（台北：書華，1981），頁42-50。

　　而種植「更年輕的花」彷彿讓詩中「自我」感覺「心如飛翔」。在此，「我」又從詩中統一的「我們」的視角抽離出來。如倪梁康針對胡塞爾主張的「主體際性」所說：「這個他人的自我與我的自我之間的同一性只是一種想像的或虛構的同一性，因此他人的實在自我與我的實在自我永遠不會相同一[45]。」據倪梁康的說法，「自我」和「他者」永遠不可能統一，可能在某種默契上能夠以想像的形式共通，但如〈種花的下午〉詩中「飛翔的一朵雲」的情緒則僅能為詩中「我」所獨有。在隱地的這首詩中，隱地巧妙地運用「我們」呈現「自我」與異己的「他者」在時間場域中的活動，並適當地將詩中「我」從「我們」的視角抽離，表現出「我們」的親密以及「自我」的個人情緒。這樣在詩中呈現「自我」與異己「他者」的主體際敘述，是相當完整清澄的。

　　同樣收錄在《詩歌舖》中的〈寫給觀看小孩的詩人〉副標題「流水停下來　觀看一名小孩──廖三奇」的詩作，具體的點明異己的「他者」，使詩作更具體地表述詩中「我」藉著意向活動感知其詩人，因此雖然這首詩中「自我」以及異己的「他人」不像〈圓舞曲〉及〈種花的下午〉中那樣親密，但具有更加具體的形象：

---

[45] 倪梁康：《意識的向度：以胡塞爾為軸心的現象學問題研究》（北京：北京大學出版社，2007），頁 145。

夏宇在法國

你在竹東

■

洋蔥進了湯裡

番茄成全一盤義大利麵

■

一冊找不到版權頁的詩集　無序無後記

你是雲的孩子嗎

躲在後退的森林裡寫詩

紛亂的桌面上

有了你的詩集

我的今天　添了新鮮

■

哦　連普通的午餐

也突然變得好吃起來

■

「他們都來懺悔

翻唱逝去的感傷」

■

> 打開你的詩花盒子
>
> 稻香麥香溢滿屋室[46]

這首詩一開始敘述「夏宇在法國／你在竹東」，表述詩中「我」和「你」的人際場域位置距離相當遙遠，然第二段突然敘述「洋蔥進了湯裡／蕃茄成全一盤義大利麵」，與第一段語言相當不連續，然而此處語言的斷裂，除了凸顯詩中「我」和「你」的距離感：「你在竹東」、「我在處理義大利麵」外，也是為了鋪陳第三段「找不到版權頁的詩集　無序無後記」、「紛亂的桌面」這種紛亂、斷裂的表述意象。

　　詩中「我」是透過「你的詩集」感知到異己的「你」，「詩集」成為詩中「我」對於「你」的意向物，詩中「自我」因為透過「詩集」與異己的「你」達成「主體際」間的交流，構成了主體之間的認識，而這種認識是愉快的，故詩中「自我」因此表述「連普通的午餐／也突然變得好吃起來」，呈現出「自我」愉快的情緒。倪梁康指出：「主體之間的互識必須通過意義解釋和意義製作來進行。一個主體及其行為要想被另一個主體認識，就必須進行賦予意義

---

[46] 隱地，〈寫給觀看小孩的詩人〉，收錄於隱地《詩歌舖》（台北：爾雅，2002），頁88-89。

（製作意義）的活動[47]。」在這首詩中，主體「自我」對主體「你」間的認識及透過「詩集」的意涵，或者說讀詩所賦予（製作）的意義而產生意義，故詩中強調了異己「你」的詩集、你的「詩花盒子」，純粹用「詩」來凸顯了「自我」與他者「你」的主體際關係。

〈寫給觀看小孩的詩人〉是用「詩集」作為「自我」與「他者」的意向關聯物，〈兩位白俄麵包師傅〉副標「——為明星麵包店五十三年而寫」，則是用「麵包」作為「自我」與麵包師傅的「他者」的意向關聯物：

> 兩位明星的白俄老闆
> 五十三年前你們的逃亡圖是怎麼畫的
> 如今認得回家的路嗎
>
> ■
>
> 多麼讓人感謝　在克難的年代
> 就傳授給我們做麵包的方法
> 讓好吃的核桃巧克力蛋糕
> 在武昌街上飄香
> 還幫我們引來一位夢蝶的詩人和

---

[47] 倪梁康：《意識的向度：以胡塞爾為軸心的現象學問題研究》，（北京：北京大學出版社，2007），頁148。

　　他的詩之王國

　　　　　　■

　　年前　　在聖彼得堡街市行走

　　啊我的眼睛發亮

　　醒目的 ASTORIA 招牌

　　和我說　　哈囉

　　　　　　■

　　想到我懷裡抱著的全麥麵包

　　來自聖彼得堡的 ASTORIA

　　多麼遙遠的遷徙

　　讓幸福降臨吾土[48]

這首詩中「自我」與「他者」的時間與空間場域相當遼闊，第一段
就陳述詩中的「我」意向到「五十三年前你們的逃亡圖是怎麼畫的」
的時間點，全詩有幾個時間點：「五十三年前」、傳授給我們做麵包
方法的「克難的年代」、「年前」以及想到我懷裡抱著的全麥麵包的
「當下」；而空間場域則有當下的空間、聖彼得堡的空間以及夢蝶
的詩人其「詩之王國」，在這樣廣闊的時間及空間場域中，詩中「自

---

[48] 隱地，〈寫給觀看小孩的詩人〉，收錄於隱地《詩歌舖》（台北：爾雅，2002），
頁 92-93。

我」是透「麵包」與白俄麵包師傅的「他者」建立主體際性的關聯，建構出詩中世界的主體際場域。正如羅曼·英加登所說：「讀者必須完成一種綜合的客觀化，把各個句子投射的各種細節聚集起來並結合成一個整體。這種綜合的客觀化並非把一個一個的事實加起來，而是使它們成唯一體。通過事實與細節的交織，我們把握住一個一體化的事態或對象的形態[49]。」我們身為讀者必須領會到詩中所描繪世界需把握各個句子所投射出來的細節，使之結合成整體，據此我們將詩中主要陳述的是與麵包相關的句子統一起來：「就傳授給我們做麵包的方法」、「核桃巧克力蛋糕在武昌街上飄香」、「我懷裡抱著的全麥麵包」，得以發現詩中「我」透過和「麵包」的相關敘述，建構起「自我」與他者「白俄老闆」的主體際關係場域，進而鋪陳出「讓幸福降臨吾土」的統一主題出來。

相較於前面幾首論述過的詩作，〈詩歌舖〉這首詩所呈現的人際關係場域相當豐富熱鬧，或許如此，被隱地將此詩的詩名當作書名：

> 「綠光咖啡農」的隔壁
> 是「法國薄餅舖」

---

[49] 英加登（Roman Ingarden）著，《對文學的藝術作品的認識》（陳燕谷、曉未譯）（台北：商鼎文化，1991），頁 47。

小提琴聲溢出門外

轉個彎

一家名叫「夢見地中海」的

義式蔬菜館

我吃過他們的招牌飯

綠色花椰菜和白色花椰菜對話

加一層金黃色的起士

簡簡單單的調理

讓我日夜思念

「布查花園」和「義大利廚房」背靠背

「馬可字羅」樓上

是以夜菜湯揚名的「紅廚」

楊英風美術館附設的「月牙泉」

是一家異國風情餐廳

如果登上二樓　彷彿坐在樹的枝椏間用餐

聽著法文歌曲

紅酒燴牛肉變成音樂節拍

「迷迭香」賣的雙色義大利鮮蝦干貝麵

是迷藥還是春藥

「拱門」的沙拉吧

是一座迷情花園

「百鄉」的菜單上增加了新產品──波蘭牛肉飯

「吊帶褲」隱藏在「詩歌舖」後面

侍者不論男女

一律穿著吊帶褲

英文字母草書的 SOWIESO 裡

坐著一堆喝紅酒的人

我問端酒過來的老闆

SOWIESO 什麼意思

就是這個意思──又是一個後現代的店名

我走回詩歌舖

和牆上的布紐爾乾一杯咖啡

煙斗7紀弦什麼時候越洋而來

門口瘂弦以如歌的行板呼喚

踏著邊緣光影席慕蓉跑去開門

一首詩

不小心撞上了

另一首詩[50]

---

[50] 隱地,〈詩歌舖〉,收錄於隱地《詩歌舖》(台北:爾雅,2002),頁 64-67。

這首詩在《詩歌舖》這本詩集中算是較長的詩，但全詩沒有分段，隱地刻意塑造一種急促緊迫的熱鬧氣氛，全詩可看見如「綠光咖啡屋」、「法國薄餅舖」、「夢見地中海」、「布查花園」和「義大利廚房」等餐廳名稱，而詩中「我」則透過「進食」活動和這些餐廳建立起主體際性的關係：「我吃過他們的招牌飯」、「如果登上二樓　彷彿坐在樹的枝椏間用餐」、「和牆上的布紐爾乾一杯咖啡」，除了進食活動外，詩中「我」也透過交談：「我問端酒過來的老闆／SOWIESO什麼意思」或想像紀弦、瘂弦和席慕蓉等詩人的出現，建構其主體際性的關聯。

　　因此在此詩中，我們可以看見詩中「自我」三個面向的意向活動，其一是對餐廳的意向活動，其二是對餐廳相關人事的意向活動（如：坐著一堆喝紅酒的人、端酒過來的老闆），其三是對於詩人與詩的想像。隱地先想像、意向許多餐廳的排置，在熱鬧的場域中，擬構出一個「詩歌舖」，透過想像，詩中「我」將「不在場」的詩人「在場」化[51]，進一步將詩人群想像成為「詩」的符號，讓詩中「我」意識到：「一首詩／不小心撞上了／另一首詩」的美麗畫面。

---

[51] 沙特即指出人是符號的創造者，透過符號的想像創造，可以指涉不在場或未來的客體。在此，隱地透過符號，也就是詩人名稱的想像，指涉這些詩人，使之「在場」。參見沙特（Jean-Paul Sartre）著，《辯證理性批判：實踐整體的理論（上）》（林驤華、徐和瑾、陳偉豐譯）（台北：時報文化，1995），頁119。

　　整首詩呈現出一個被想像建構的人際關係場域，雖然如此，因為大量的名詞並置，加上適度的敘述語言與充實想像，所敘述的主體際性結構相當充實完整，其現象上呈現了「自我」和異己的「餐廳、咖啡館」、呈現了主體際性結構，然本質意義上卻表述出「我」意向到「自我」和異己的「詩」建立了主體際的關係，其敘述的層次是相當豐富且複雜的。

結語

　　從隱地《詩歌舖》這本詩集看來，隱地擅長在其詩作中表現出「自我」與異己的「他者」的主體際關係呈現。即使是如〈寂寞〉、〈黑心獸〉這樣表述「自我」的詩，隱地仍「割裂自我」將詩中自我一分為二[52]，從主體際的差異與同一，藉以辯證澄明出自我的意識形象。

　　隱地能豐富地描寫「自我」與「他者」的關係如〈圓舞曲〉，且在〈種花的下午〉可細微地呈現「自我」與「他者」的關係同一與差異。然而，即使是「自我」和「他者」不屬於「共同在場」的

---

[52] 關於「割裂自我」，可參見李翠瑛，〈割裂的自我〉收錄於《雪的聲音：臺灣新詩理論》（台北：萬卷樓，2007），頁34。

關係，隱地也能夠過符號想像的敘述，建構起與其主體際的關係，甚至如〈詩歌舖〉全詩透過想像，將餐廳、咖啡館搬至同一個空間場域並置，擬構出「詩歌舖」作為詩中互為主體的主體際對象。

　　主體際的關係在日常生活中相當重要，就是因為意識在每一感覺飛逝的轉瞬間，都意向著他者，建構起主體際性的關係[53]，使「自我」體驗到我和「他者」共有一個世界，而賦予「自我」和「他者」意義，進而激發出其他創造性的意涵；我們從此篇論文的研究，以隱地詩集《詩歌舖》為例，即可證成隱地其詩作中，其主體際敘述可見「自我」和「他者」意識形象的描繪和場域關係，進一步可發現其對主體際所構成的世界觀，可知主體際敘述的確可形成具有豐富美感與複雜想像的敘述空間，是我們可以重視和作為文學研究的一個進路。

刊於《中語中文學》第 48 輯【韓國學報】

---

[53] 可參見弗格森（Harvie Ferguson）著，《現象學的社會意味》（陶嘉代譯）（臺北：韋伯文化，2009），頁 129。

他者的綿延：

向陽《歲月》中自我與生命時間意識的表述

摘要

　　向陽是臺灣著名詩人，歷來得過不少文學獎，著作亦豐，然歷來論者多以向陽臺語詩其鄉土色彩進行論述，較少討論其詩作的藝術經營及意象特色。本書以向陽詩集《歲月》為討論中心，觀察向陽時間意象書寫的想像及藝術，考察向陽對「他者」綿延的時間徵象，觀察它們如何作為向陽自我以及時間意識的開展。由此論述的進路，分為幾個子題：自然時間徵象、植物、動物以及他人來進行討論，發現向陽在《歲月》這本專注於時間意象經營的詩集中，如何開展他的時間意識，並著力於向陽自我意識與時間表述的聯繫，探討意識與文字所呈現的時間意識其關聯性。

前言

　　向陽是臺灣著名詩人，歷來得過不少文學獎，著作亦豐，頗受臺灣文學論者重視。林于弘曾經指出：「向陽是典型的著作等身，從文學創作來看，包含：新詩、散文、兒童文學等將近三十冊；而學術論著、校訂、文化評論，以及各領域文學選輯的編輯與翻譯，也有三十餘冊[1]。」向陽著作等身，而在新詩創作上，歷來論者多重視向陽在臺語詩與十行詩的寫作特色，如林于弘亦提及：「在創作上，他以『十行詩』與『臺語詩』獨步詩壇，並深受論評者的囑目[2]。」而在歷來研究向陽詩作的論文中，以「十行詩」此一體裁形式做討論主題較少[3]。歷來論者多以向陽臺語詩其鄉土色彩進行

---

[1]　林于弘：〈向陽新詩創作類型論〉，《國文學誌》，彰化師範大學國文學系，2005 年 6 月第 10 期，頁 307。

[2]　林于弘：〈向陽新詩創作類型論〉，《國文學誌》，彰化師範大學國文學系，2005 年 6 月第 10 期，頁 303。

[3]　僅見游喚、林燿德、唐捐等人專門針對向陽「十行詩」格式特色進行敘述。參見游喚：〈十行斑點‧巧構形似──評介向陽新詩〈十行集〉〉，《文訊》，1985 年 8 月 19 期，頁 184-195。林燿德：〈遊戲規則的塑造者──綜論向陽其人其詩〉，《文藝月刊》，1986 年 2 月 200 期，頁 54-67。唐捐：〈詩想無羈，格律自鑄──導讀向陽的「立場」〉，《幼獅文藝》，2004 年 1 月第 601 期，頁 96-99。

論述，如林于弘、麥穗等從向陽用字及修辭來分析向陽臺語詩的特色[4]，葉向恩等人則從向陽臺語詩與鄉土關係來論述向陽臺語詩的特色[5]，林文義、林政華等人則從向陽的文學特質談起[6]，比較特殊的是黃武忠在向陽臺語詩字詞研究上又加上了史的時間意涵並加以研究[7]。但綜觀歷來研究向陽詩作的論文，除林于弘等寥寥數人外，不是僅注重向陽臺語詩的研究，就是多屬對向陽個人特質的評介或書評之類的泛論。因此本書不以向陽的臺語詩作為研究文

---

[4] 參見麥穗：〈臺語寫詩的用字探討——兼談向陽「咬舌詩」中的臺語用字〉，《臺灣詩學季刊》，1998 年 6 月第 23 期，頁 20-23。林于弘：〈臺語詩中的反諷世界——以向陽「土地的歌」為例〉，《臺灣人文（師大）》，1998 年 7 月第 2 期，頁 109-130。林香薇：〈論向陽臺語詩的用字：斷面與縱面的觀點〉，《國文學報》，2007 年 12 月第 42 期，頁 237-272。

[5] 參見葉向恩：〈臺灣作家身影——向陽　書寫土地的回聲〉，《書香遠傳》，2005 年 1 月第 20 期，頁 44-46。王灝：〈不只是鄉音——試論向陽的方言詩〉，《文訊》，1985 年 8 月第 19 期，頁 196-210。方耀乾：〈為父老立像，為土地照妖——論向陽的臺語詩〉，《海翁臺語文學》，2005 年 2 月第 38 期，頁 4-33。周怡瑄：〈向陽臺語詩選：真正的鄉土聲音〉，《文訊》，2004 年第 221 期，頁 74。

[6] 參見林文義：〈銀杏樹下的沉思者：試寫向陽〉，《文訊》，1985 年 8 月第 19 期，頁 180-183。林政華：〈臺灣重要詩家作品研探——林淇瀁（向陽）詩〉，《海翁臺語文學》，2003 年 11 月第 23 期，頁 4-16。向明：〈我有一個寫詩的弟弟——管窺向陽的詩和人〉，《文訊》，1999 年 12 月第 170 期，頁 180-183。

[7] 黃武忠：〈戰後「臺語詩」的寫作意義與臺語運用分析——以林宗源、向陽為例說明〉，《臺灣史料研究》，2004 年 8 月第 23 期，頁 91-107。

本，而以向陽詩集《歲月》為討論中心。正如向陽於《歲月》後記中言：「『歲月』雖然主要由時間來累積，可是與空間的處理也有相對的關係[8]。」《歲月》這本詩集主要處理時間的議題，但也涉及到空間，向陽說：「時空象徵的巧妙處理……這種時空交錯出來的歲月，因此值得人間的我們咀嚼；而在此一時空座標上繁複的歲月的感覺，因此也才具有餘味[9]。」向陽所謂「時空的交織」，其實是從自我的位置對他者的經驗感知所構築的現象[10]，自我與他者的相對位置呈現出空間感[11]，而他者與自我在時間流中的綿延以及他者的

---

[8] 向陽：〈歲月：苔痕與草色〉，《歲月》（永和：大地出版社，1985 年 6 月），頁 166。

[9] 向陽：〈歲月：苔痕與草色〉，《歲月》（永和：大地出版社，1985 年 6 月），頁 168。

[10] 所謂「他者」，游宗祺說：「一般認為，凡是在自我（Eigenheit）領域之外的就是他者。瓦登菲爾斯解釋道，自我具有『隸屬性』、『親近性』和『擁有性』等特質。」換言之，不具有「隸屬性」、「親近性」和「擁有性」等特質的對象，就是他者。參見游宗祺：〈我群世界與他群世界之間：瓦登菲斯論文化間性〉，《哲學與文化》，2006 年 2 月第 381 期，頁 71。

[11] 龔卓軍說：「我的身體成了理解他人的一個軸心參考空間。這個可運動、保持對自身感受、對外在空間感受的軸心參考空間，是我們對『他者』想像的出發點。」可見自我的身體位置與他者的關係，基本上是一被感受、被想像或理解的空間意識。參見龔卓軍：〈身體想像的辯證：尼采，胡塞爾，梅洛龐蒂（五）第四章：身體想像與他者／胡塞爾之二〉《文明探索叢刊》，2003 年 1 月第 32 期，頁 139-140。

時間徵象[12]，則能使自我在空間中的「歲月」意識到時間，如同向陽所謂的「時空的交織」，因此本書即以向陽《歲月》中「他者」的「綿延」敘述為對象，考察它們如何作為向陽自我以及時間意識的開展。在論述的策略下，則以下述「他者」的種類作為子題：自然時間徵象、植物、動物以及他人，在各種自我以外的他者意象的交互建構下，以「時間」為主軸，考察向陽在《歲月》這本專注於時間意象經營的詩集中，如何開展他的時間意識，並著力於向陽自我意識與時間表述的聯繫，探討意識與文字所呈現的時間意識其關聯性。

外在自然環境的時間徵象書寫

　　吳國璋將時間分為：自然時間、社會時間[13]。而自然時間的變化普遍發生在客體的研究對象[14]，也就是說意識主體在觀察自然變

---

[12] 關於「綿延」，可參考柏格森（Bergson, Henri）著，諾貝爾文學獎全集編譯委員會譯：〈創化論〉收錄於《柏格森》（台北：書華，1981 年），頁 50。

[13] 吳國璋：〈論人的活動與社會時空〉收錄於《江蘇社會科學》，1999 年第 4 期，頁 104。

[14] 參見夏春祥：〈論時間──人文及社會研究過程之探討〉收錄於《思與言》，1999 年 3 月第 37 卷第 1 期，頁 49。

化時意識到時間的現象，正如班瀾所言：「時間知覺是在人的感覺基礎上對自然物的延續性、順序性、節奏性等時間運動性的綜合領悟，通過空間感知得到反映[15]。」人生活在自然環境中，俯仰都會感知到自然物的延續性、順序性、節奏性等時間徵象，是藉由自然空間中「他者」的空間感知領會到時間的綿延，並因此確定自我在時間流的位置。然而在詩中所呈現的時間表述並非自然客觀或純粹普遍的時間書寫，張紅運就說：「自然界中一些無生命的物象本來是沒有具體的時間內涵的。但是，一旦詩人們用生命的尺規去衡量它們，它們便與人生構成了一組新的時間組合[16]。」也就是說，詩人對自然界的「他者」進行意向活動給予了其自我的「時間立義」，使客觀意義上的時間的東西顯現出來，然這些顯現出來的「立義」並不是客觀的時間[17]，而是詩人自我的時間感受，這是詩人很自然、很生活的時間感知及表述，是詩人對自然空間很具體的時間意識感發。例如我們在《歲月》中所讀到的〈秋風讀詩〉：

---

[15] 班瀾：〈論中國古代詩歌的詩性時空〉，頁 69，《內蒙古社會科學》（漢文版），第 123 期，2000 年 9 月，第 5 期。

[16] 張紅運：〈《古詩十九首》時空意象論〉收錄於《陝西師範大學學報（哲學社會科學版）》，2001 年 5 月，第 30 卷，頁 247。

[17] 關於「時間的立義」，可參考胡塞爾：〈內在時間意識的現象學講座〉收錄於倪梁康編譯：《胡塞爾選集（上）》，上海三聯書局，1997 年 11 月，頁 542。

歲月跟著馬蹄不停地跑
滴答的秒針是蹄的聲音
馳過了三月的青翠森林
駛過了兒童粲亮的眼睛

歲月跟著犁耙沉穩地耕
雍容的分針是犁的鋒刃
翻閱著六月的綠色大地
翻閱著你我粗糙的掌紋

歲月跟著貓爪偷偷地移
緩慢的時針是貓的腳步
躡走了九月的天光雲影
躡走了老人眼角的水霧

歲月跟著永恆輪迴地繞
圓柔的鐘面是生命的枷
熟透的花果在十二月凋
土底的種籽正開始抽芽[18]

---

[18] 向陽：〈歲月跟著〉，《歲月》（永和：大地出版社，1985 年 6 月），頁 75-76。

這首詩無疑是《歲月》詩集中對時間感知和體會最全面且完整的作品，「歲」、「月」是人稱呼、計量時間的單位，被合併作為時間的代稱。全詩共分四段，首段從「馬蹄不停地跑」隱喻時間的不間斷性，而「時間是生命的本質，時間的不重複、不間斷性保證了生命的存在[19]。」向陽表述了時間的不間斷性，並由此敘述時間與「青翠森林」、「兒童」等生命的關係，時間參與了「青翠森林」與「兒童」的生命生長歷程，使「青翠森林」冠上了「三月的」，使兒童有「粲亮的眼睛」可以注視未來。

次段，向陽表述其注意到時間對生命的影響是深刻的，向陽以「歲月跟著犁耙沉穩地耕」，來隱喻時間對大地的影響，然而更重要的是此段第四句：「翻閱著你我粗糙的掌紋」表述時間對每個人的身體、生命的影響，正如王曉東說：「我的身體並不是和客觀身體嚴格對應的，身體並不是經典空間和時間概念下的物體，而是現象，是為了特定的目的、向著特定的場域敞開著的『身體圖式』。身體的這種現象性可以通過身體自身的時間性和空間性得到說明。物體是在時間性和空間性之下建構起來的，所以物體必須依賴於時間和空間，物體存在於時間和空間之內（dans le temps et dans l'espace）[20]。」

---

[19] 楊河：《時間概念史研究》，（北京：北京大學出版社，1998 年），頁 167。

[20] 王曉東：《論梅洛─龐蒂的知覺理論及其超越性》，黑龍江大學外國哲學碩士論文，2007 年，頁 23。

身體的現象在空間性與時間性中建構起來，身體的時間性確認了自我在時間流中的位置，藉由「粗糙的掌紋」的粗糙皮膚變化，使身體時間徵象能呼應「六月的綠色大地」之時間意象，確切自我存在的時間位置。而第三段，向陽以「貓爪偷偷地移」隱喻時間在人不經意中偷偷流逝的時間感受，同樣末兩句也以自然環境的景象呼應人體的生命時間徵象，展現時間對人與自然同樣造成影響，也透過人體與自然「他者」的參照，確定人類生命的時間位置。末段則敘述時間流逝的永恆性，向陽在末段首句提及「歲月跟著永恆輪迴地繞」，頗有以道家、佛家的「圓形時間」詮釋時間現象的意味[21]，然而此處主要卻是藉由植物「他者」生命的延續，說明在時間流中，生命繁衍傳承，從抽芽到熟透生命現象的延續過程，而「圓柔的鐘面是生命的枷」也說明了生命離不開時間的因素，隱喻了生命的時間性。

　　綜觀此詩，向陽以整齊的格式，呈現時間的四個面向，我們可由下表作一整理：

---

[21] 關於「圓形時間」的初步詮釋，可參考尤純純：《重塑現代詩：羅門詩的時空觀》（台北：文史哲，2003 年），頁 41-43。

表現意義	具象的隱喻或說明	時鐘的隱喻	身體或生命的時間徵象
時間的「不間斷性」	歲月跟著馬蹄不停地跑	滴答的秒針是蹄的聲音	兒童粲亮的眼睛【表示兒童不間斷的長大，凝視未來】
時間全面的「影響性」	歲月跟著犁耙沉穩地耕	雍容的分針是犁的鋒刃	翻閱著你我粗糙的掌紋【表現當下身體的時間性】
時間的不知不覺流逝感	歲月跟著貓爪偷偷地移	緩慢的時針是貓的腳步	蹓走了老人眼角的水霧【「眼角的水霧」隱喻人無法順利感知到時間的徵象，而前三段末句的「兒童、你我、老人」也呈現人類生命的時間感】
生命在時間流中的繁衍、延續的「生命時間」意涵	歲月跟著永恆輪迴地繞	圓柔的鐘面是生命的枷	熟透的花果在十二月凋土底的種籽正開始抽芽【以植物的生命，作為生命延續的隱喻】

　　從上表可知，向陽完整地用了四段表現四種不同體察時間的面向，並且在透過運用時鐘的隱喻、自然的隱喻、人類生命的隱喻及植物的隱喻，綿密地呈現時間對於生命的影響與延續的現象，是以這首詩是《歲月》詩集中，對時間體察最全面且完整的詩作。然而〈歲月跟著〉能顯現出向陽對自然、對時間的生命時間體會，且比喻運用巧妙而綿密，卻不如〈欲曙〉更能深刻凸顯向陽對於時間的深刻感受：

從噩夢中驚醒過來，窗外
顫危危的是將曙未曙的
寒雲，垂覆著寂寞的遠山
水露正沿著波離窗緣
汨汨淚下。北風吹過
黎明前憂鬱的行道樹
偶爾傳來撲簌簌的落葉聲
迅即又被更濃更黯的天色
吞噬了，只有窗間簷下
一無名的花兀自綻放著

一無名的花，孤伶伶
無視於周圍虎視的夜
以最自然的吐放，一瓣瓣
舒展容顏，在將曙未曙
陰冷的黎明前，試著
打開籠罩身旁無邊的黑幕
而終其極是在北風中
留下美好的殘缺，從夢裡

　　驚醒過來的我，為了期盼中國

　　黎明，也在窗前落淚[22]

這首詩寫詩中我被噩夢驚醒後所經驗到「欲曙」的自然時間體驗，
楊義指出：「人類對時間和空間的體驗不是從抽象的哲學原理開始
的，而是從他們的日常起居作息，以及對日月星辰的觀察開始的[23]。」
日月星辰的移動是最容易讓人感知到時間的存在，而「欲曙」正點
明太陽移動、出現的時間現象，但向陽在此詩中並不只是描寫時間
觀察或時間經驗而已，詩中寫到「將曙未曙的寒雲」、「垂覆著寂寞
的遠山」、「黎明前憂鬱的行道樹」以及「無名的花……舒展容顏」，
可知向陽不僅要寫「欲曙」的時間經驗，更寫出自我在時間經驗中
的情感表現，正如簡政珍說：「詩使草木生情。當自然染上人本的
色彩，人就不再接受時間任意的差遣。客體世界一意要使人臣服於
固定的時序，詩人以詩逾越原有的步閥。人和物的新關係暗示人心
靈特有的節奏，它的運轉時常和客體時間背道而馳[24]。」詩人對「他
者」的自然現象進行意向活動時，給予了「他者」意義的詮釋，使
「他者」並不只是時間的參照，而且增添了自我對「他者」的意涵，

---

[22] 向陽：〈欲曙〉，《歲月》（永和：大地出版社，1985 年 6 月），頁 17-18。

[23] 楊義：《中國敘事學》，嘉義：南華管理學院，1998 年，頁 129。

[24] 簡政珍：《詩的瞬間狂喜》，台北：時報文化，民 80 年，頁 19。

如此詩原先敘述「寒雲」，僅表述出「寒雲」的時間性是「將曙未曙」，但其後「寂寞的遠山」、「憂鬱的行道樹」、「一無名的花，孤伶伶」都是將自己的情感意識附加在對象身上，「將曙欲曙」的時間點所要展現的是詩中所透露「陰冷的黎明前」、「試著／打開籠罩身旁無邊的黑幕」這樣的情境，而非純粹做時間性的描寫，透過無名的花在黎明前吐放，詩中人感受到「美好的殘缺」，進一步表述「為了期盼中國／黎明，也在窗前落淚」，黎明會讓人對尚未來到的白晝感到期待，而從當下注意到時間的前瞻，向陽透過黎明「欲曙」的情境烘托，並將蘊含自我情感指涉的他者作為時間參照物的情境中，表現他對中國未來的期待，正如張紅運說：「所謂時空意識，是指人類在成長和肯定自我的過程中，有意識地去觀照時間、空間的律動變化，探索大自然生生不息的底蘊，並將自我的生命與時空相對照，從而感悟人生，反思人生，抒寫性情，安頓心靈，造就完美人格，以期達到人與自然的完美和諧。這種意識也可稱之為宇宙意識或生命意識[25]。」在時間的感知經驗中，詩人可以從中感悟人生、書寫性情，書寫自我在時間流中對自我或他者的情感意志與預期前瞻。

---

[25] 張紅運：〈古典詩歌中時空意識的演進軌跡〉收錄於《天中學刊》，第 17 卷第 6 期，2002 年 12 月，頁 45。

　　相較於〈欲曙〉描寫個人自我對中國的前瞻，〈破曉〉同樣寫黎明前後的時間點，但更具體寫出詩人對自然空間中「他者」的想像與觀察：

　　　　陰鬱的霧死沉沉

　　　　包圍著一朵即將綻開的花

　　　　森寒的露珠冷冰冰

　　　　禁錮著一株逐漸轉醒的樹

　　　　被夜鞭策著的風呵

　　　　在醉夢於昨日的大地上

　　　　試圖封鎖一枝小草的出頭

　　　　而所有去路，在垂淚的星下

　　　　隱隱畏縮在最黑最暗處

　　　　等待一聲響亮的鑼

　　　　一朵花爭脫了陰霧的包圍

　　　　整個園圃都會綻開笑容

　　　　一株樹抖落了寒露的禁錮

　　　　整個森林都會伸張手腳

　　　　一枝小草衝破了風的封鎖

　　　　整個原野都會動起毛髮

> 一條路摸索出方向
> 所有山川也跟著找到了定位
> 而宣告最後一顆星之破滅的
> 鑼聲啊，是終於光臨的白日[26]

這首詩描寫「破曉」的時間點，主角應該是太陽，但向陽不先寫太陽，反先寫植物，寫花、寫樹、寫小草，然後寫「垂淚的星」，透過這些書寫而呈現黎明前的時間情境，向陽不直接寫「日」而以「一響聲的鑼」來隱喻。向陽在詩中將黑夜視為一種「禁錮」，「破曉」的「鑼聲」則是打開這種禁錮現象的時間轉變，此詩即據此分為兩段，前段寫夜、黑或暗禁錮的空間，末段寫花、樹、小草等掙脫禁錮象徵破曉的降臨，具體地寫出破曉的時間情境與太陽所帶來的生命感，這首詩的情感指涉相較〈欲曙〉少，幾乎被隱藏起來了，但凸顯出向陽所想像或感受的時間與生命關係，尚永亮說：「人與自然的關係，在某種意義上毋寧說是人與空間和時間的關係，是生命本體間的一種交融和互滲[27]。」當向陽在詩中敘述自然景色在時間流的變化「破曉」時，其實正是在表述他者的「生命本體間的一種

---

[26] 向陽：〈破曉〉，《歲月》（永和：大地出版社，1985 年 6 月），頁 19-20。

[27] 尚永亮：〈自然與時空──漫議中國古代時空觀與文學表現〉收錄於《荊州師範學院學報》（社會科學版），2003 年第 1 期，頁 13。

交融和互滲」，表述生命的「他者」在時間流中的交互主體現象[28]，而建構出一個屬於作者的「破曉」充滿生命感的時間情境。

在〈破曉〉中，除了以鑼聲隱喻的太陽外，還有另一個天體「垂淚的星」，向陽在《歲月》中亦喜歡用「星」作為時間挪移的象徵，如〈對著一顆星星〉：

> 對著一顆星星，在闇夜
> 黝黑高樓闃寂的牆角下
> 我的眼裡也見證著星星
> 幽微的亮光，它閃爍著
> 努力要打開明日的天空
> 又得提防不被烏雲隨時
> 在不留意間，將它刷掉
> 它逡巡、它徘徊也憂傷
> 除了自己誰來陪它站崗
> 對著這顆星星，我黯然

---

[28] 也就是胡塞爾所說的「互為主體」，胡塞爾所說的「互為主體」本質上是為了解決人際間相互認識的實質現象，而巴舍拉將之援用至詩學，指出我們可以也跟一個清新的意象具有「互為主體性」。參見巴舍拉（Gaston Bachelard）著，龔卓軍、王靜慧譯：《空間詩學》（台北：張老師，2003 年），頁 43。

> 對著這顆星星，我冷然
> 把身子拋出高樓的陰影
> 站到風與夜都能目擊的
> 空地上，仰頭望向天空
> 追尋它熠熠含光的方位
> 而風鼓動著烏雲，烏雲
> 今夜淒其，我眸中所見
> 僅是無盡漆黑，那星星
> 已撤了岡哨，留置給我
> 天與地間止不住的孤寒[29]

這首詩透過與「他者」星星互為主體的經驗行為，表述生命在時間流中努力、奮鬥過程以及生命的孤寒。首段透過「我」的見證，敘述星星「努力要打開明日的天空／又得提防不被烏雲隨時」，透過這幾句話呈現主體在時間流中的努力過程，並說明生命在時間流中的孤獨。次段延續首段對星的感知見證，「仰頭望向天空／追尋它熠熠含光的方位」由於星星在時間流中運行，改變方位，因此詩中「我」才必須去「追尋」，故此幾句點明了星星的時間性，然而

---

[29] 向陽：〈對著一顆星星〉，《歲月》（永和：大地出版社，1985 年 6 月），頁11-12。

末段寫「星星／已撤了岡哨，留置給我／天與地間止不住的孤寒」不但敘述星星的時間性，也點出了生命的孤獨、孤寒感覺，表述每個人在時間流中的生命歷程都是必須單獨面對。此詩利用與「他者」星星互為主體的經驗過程，將星星作為生命在時間流中的隱喻是相當清楚的，表現出向陽所感受到生命在時間流中孤獨、寒冷的寂寞之感慨。

從「他者」植物的生命時間領悟

上文討論向陽以自然環境、天體如日或星星的主題作為時間表述的詩作中，亦有植物如草、樹、花的意象展開，可知道植物的意象在向陽詩中常具有時間的意義，主要是植物的生命週期短暫，使其本身的生命時間徵象鮮明，常被詩人援引書寫成表現時間的意象。換言之，詩人通常透過「注視」的感知，對植物進行意向活動，使植物的生命徵象對詩人成為「有意義」的結構，由於這是主客體都具有生命的本質，所形成的結構是「生命─生命」的結構，這種認知結構總是指向主體時間及生命時間，使詩作是具有生命時間意識的開展，如同〈銀杏的仰望〉：

從來不曾想到風風雨雨會釀成
秋，從來不曾想到漂漂泊泊竟也展軸如
扇，更從來不曾想到日日夜夜你
陽光的仰盼月的孺慕和山山水水的踏涉
均化做千千萬萬縷縷輻射的鄉愁

只想廿載的清唱已枝枒般成長
在偎依的谷中，你曾展葉抗雨疏根抵風
兀然掙出薄天的傲嘯，而雨後
每喜與山外的虹虹外的天比高，彼時
你猶壯碩，枝道葉綠愛情也忠實

乃毅然而出鄉關，呵男兒
此去風沙經年，年輪斧鑿，鑿刻
你塵煙的顏面，你的顏面自心上
化昇，你的心上駐有秋，秋上有草
你不是草的族類，是走向晚照的壯士

終究你是翔著金黃翅翼奔向昏暉的
百齡，通過夜的暗鬱，簌簌撲飛
而當你折翼倒地，陽光自你身上昇起

　　你遂冷然頓悟：你是一把奔波的扇

　　那泥土和鄉村呵！是閣你的，軸[30]

這首詩將植物視為一意識主體的「他者」，為隱藏在詩中的「我」
所意識到，而建立起「互為主體性」，詩中隱藏的「我」透過觀察、
想像及擬人的移情，對植物銀杏進行表述[31]，表述出對銀杏的生命
及時間的觀察，並且透過銀杏葉子落葉歸根的過程，隱喻詩中「我」
的鄉愁。

　　在此詩中，向陽運用了相當多疊字，如「風風雨雨」、「漂漂泊
泊」、「山山水水」，透過疊字形式來表現詩中所謂「廿載的清唱」
漫長的時間感，向陽也於詩中運用頂真的修辭，如「每喜與山外的
虹虹外的天比高」、「此去風沙經年，年輪斧鑿」、「你的心上駐有秋，
秋上有草」來顯示時間「不間斷」的特性，而全詩的句子相較於向
陽其他詩作而言，每行稍長，亦向讀者呈現了時間漫長的感受，向
陽是相當重視新詩的形式，故創造了十行詩的體例，且正如林燿德
指出向陽在形式上俯拾古典主義對於音韻和格律的訴求[32]，我們在

---

[30]　向陽：〈銀杏的仰望〉，《歲月》（永和：大地出版社，1985 年 6 月），頁 25-27。

[31]　關於「互為主體」過程中的「移情作用」，可參見胡塞爾著，王炳文譯：《第
　　一哲學》（下），（北京：商務印書館，2006 年 12 月），頁 246。

[32]　林燿德：〈陽光的無限軌跡：有關向陽詩集「歲月」〉，《文訊》，1985 年 8
　　月 19 期，頁 212。

此詩的形式中可見其整齊的格律與古典的句法，呈現時間悠遠的感覺。向陽透過主體際間對話與修辭的形式，展開他對於銀杏的生命時間以及自我在時間流中鄉愁的隱喻，正如林燿德指出「形式」的精意乃在於：「思想或意志以一種普遍而有效的規律展開運作的對外表現（Expression）[33]。」向陽在此詩中將銀杏視為「你」的「他者」，透過對話、修辭種種形式的架構，將對於時間、生命、鄉愁的生命時間思想及意志，以隱喻的內容呈現出來，得以看見他對於新詩形式、意象經營以及文字修辭的功力精深。

〈銀杏的仰望〉是將植物視為「你」之「他者」生命主體來進行表述，而同樣收錄於《歲月》的〈竹之詞〉則透過極端的移情，將植物的形象轉化為「我」的立場來進行表述，如朱光潛說：「在移情作用中，人情和物理打成一片，物的形象變成人的情趣的返照[34]。」詩人將自我與表述對象融成一體來進行陳述，而 Wilhelm Worringer 說得更清楚：「描述移情這種審美體驗特點的最簡單套話就是：審美享受是一種客觀化的自我享受。審美享受就是一個與自我不同的感性對象中玩味自我本身，即把自我移入到對象中去。[35]」

---

[33] 林燿德：〈遊戲規則的塑造者──綜論向陽其人其詩〉，《文藝月刊》，1986年2月第200期，頁56。

[34] 朱光潛：〈近代美學與文學批評〉，《談美》（台北：金楓，1991年），頁200。

[35] 渦林格（Wilhelm Worringer）著，魏雅婷譯：《抽象與移情：藝術風格的心理學研究》（台北：亞太圖書，1992年），頁37。

將一個「他者」的對象移入「自我」的視角，想像並展現植物的生
命時間意識是〈竹之詞〉的特殊形式：

> 一如花在寒冽的風前綻放
> 我們筆直傲立於萬刃高岡
> 苦吟是松柏的個性和喜好
> 翩翩逍遙我們且放膽歌唱
>
> 振翅高飛乃鳥之理所當然
> 飛走了再不回來也是一樣
> 凡山河必會豎耳靜靜聆聽
> 所有落葉蕭蕭喟歎的神傷
>
> 但飄零並非從此失去方向
> 仇恨是陷入就突不破的網
> 在陽光裡真正的飛鳥含淚
> 唯土地是枝葉休憩的夢鄉
>
> 闊闇中我們以不凋的根莖
> 向寒冬索討更深固的土壤

隱忍那霜雪的陰鬱和殘暴

咬牙等待雨後新筍來張望[36]

這首〈竹之詞〉雖然以「竹」作為意識主體來進行表述，但在首段敘述了相對於竹子的「異己／他者」之「花」及「松柏」來參照竹子的生命存有[37]，透過自我和他者的差異，不但能參照映證出自我的存有，也是自我和他者相聯繫，於世界完整的存在，夏忠憲就說：「在巴赫金看來，世界是由差異構成的，差異就包含著矛盾和對立。換言之，沒有差異，沒有矛盾和對立，就沒有世界。而自我與他者的區分構成了最基本的對立，他是其他一切差異的基礎。自我不是終極的實在，不是孤立存在的實體，他只有同一切異己的事物、他人，包括與其他自我（如，鏡中的自我）相聯繫才能完整地存在[38]。」世界正是透過「自我」與「他者」的差異，在經驗與想像中建構起來，梅洛龐蒂說：「現象學的世界不屬於純粹的存在，而是通過我的體驗的相互作用，通過我的體驗和他人的體驗相互作

---

[36] 向陽：〈銀杏的仰望〉，《歲月》（永和：大地出版社，1985 年 6 月），頁 25-27。

[37] 游美惠說：「他者／異己是與『自我』（self）相對照的一個概念。他者／異己對於界定『正常』（defining what is "normal"）和界定人們的主體位置和相當重要。」參見游美惠：〈他者／異己〉《性別平等教育季刊》，2006 年 12 月第 38 期，頁 80。

[38] 夏忠憲：《巴赫金狂歡化詩學研究》（北京：北京師範大學出版社，2000 年 11 月），頁 23。

用，通過體驗對體驗的相互作用顯現的意義，因此，主體性和主體間性是不可分離的，它們通過我過去的體驗在我現在的體驗中的再現，他人的體驗在我的體驗中的再現形成它們的統一性[39]。」換言之，對於生活世界或生命世界的經驗，也是「自我」與「他者」的體驗相互作用而形成，而世界中的時間經驗感知，必然透過「他者」之時間參照所構成。因此，此詩首段透過竹子的「自我」以及花、松柏的「他者」相互參照一個屬於植物的生命世界。而次段則揭示了這個生命世界的時間性，用「他者」的「鳥」之意象參照出時間一去不返的特性[40]，向陽用鳥「飛走了再不回來」來揭示時間，正如呂炳強說：「在根源上，時間結構來自凝視者，又由凝視加諸行動者[41]。」主體自我凝視「他者」飛鳥的動作而產生時間結構的認知，在詩中進一步反思到「竹」之「自我」：「所有落葉蕭蕭唷歎的神傷」，向陽非常注意新詩的結構安排，因此我們除了在此詩中看見嚴整四行一段，每行等同字數的形式外，在每段的末段都敘述

---

[39] 梅洛龐蒂（Maurice Merleau-Ponty）著，姜志輝譯：〈前言〉,《知覺現象學》（北京：商務，2001 年），前言頁 17。

[40] 時間是一持續變化的現象。可參見胡塞爾：〈現象學的觀念〉，倪梁康編譯：《胡塞爾選集（上）》（上海：上海三聯書店，1997 年 11 月），頁 75。

[41] 呂炳強：《凝視、行動與社會世界》（台北：漫遊者文化事業，2007 年 6 月），頁 42。

「竹」之「自我」的生命現象，最末以：「咬牙等待雨後新筍來張望」隱喻了生命在時間流中的傳承與新生。

　　向陽深知透過移情的想像，能更深入理解被移情的「他者」，以詩中的「他者」與「他者」聯繫起來，建構出一個時間性的生命世界[42]，因此同樣收錄於《歲月》的〈在廊柱和落葉之間〉這首詩，也同樣以「我」的視角移情至植物的立場來看生命時間世界，然這首詩的格式相較自由，其中蘊含的情志與生命時間意識也更加豐富：

> 當門駭然洞開之際我們皆感
> 訝異。在廊柱的陰影下有微怨
> 和雜沓的陽光，雜沓的蝶群
> 翻飛，並且舞踴。而這是
> 風和日麗的春天，有葉
> 悉嗦墜下，委曲在盤根的
> 樹縫裡，且一句話，也不講
> 只把土地讓給了我們讓給牆

---

[42] 王子銘說：「所謂『移情』，無非是指本己自我對陌生自我的意識統攝。⋯⋯但胡塞爾是更廣泛的意義上使用這一概念的。他認為，『同感是人的基本可能性』，『通過同感可以將周圍世界連接起來，直至無限』。」據此，我們可知移情作用的想像，是認識、同感甚至結構一個世界經驗的概念。參見王子銘：《現象學與美學反思》（濟南：齊魯書社，2005 年 5 月），頁 139。

把眼光，如廊柱後的門
交給了黑鬱深夐的門後的虛空

而我們昨夜剛從史冊簡頁中
醒轉過來，戚戚站立於此
仔細審視天空和雲和偶而
低飛以過的漂鳥和彷彿我們的
三兩落葉，在不可思議的春
在廊柱之前，審視先人的手澤
鑿痕、以及血跡，審視我們
身內一樣兀然搏動的血統
想像那些蝶們如何裝扮白天
想像天黑後一個老人默然搖首

捧心自廊柱間奪門走了，像一瓣葉
迎風下墜，留給臺階沉重的輕喟
我們張口而不聞驚叫，瞪目
而視野疾疾陸沉，心惶惶而
四肢自縛於一網陰影──似乎也
只有落葉，自史冊中頁落於地
那門瞬間閉關，把春天丟給我們

　　把蝶群拋給陽光拋給陰影拋給我們

　　而在廊柱和落葉之間，我們

　　僅僅是理也理不出頭緒的荒草一片[43]

這首詩以「廊柱和落葉之間」的荒草為「我們」的敘述視角，但透過敘述差異的「他者」之「門」、「廊柱」、「蝶群」敘述出其綿延的時間性：「這是／風和日麗的春天」，並將落下的葉擬人敘述，表述出當下的空間感：「把土地讓給了我們讓給牆」。

　　次段誇張的以「而我們昨夜剛從史冊簡頁中／轉醒過來」來呈現「我們」的時間性，而「轉醒」則確認了在時間流中的當下感知、當下存有，然而自我如何通過感知證成當下存有呢？就是透過「他者的綿延」、「他者的時間性」，柏格森說：「我們的心理生命乍看似乎並不連續，因為我們的注意力是經由一連串的非連續性作用才推向這個心理生命[44]。」乍看之下，詩中片段的感知天空和雲、漂鳥、落葉，但在心靈狀態，在時間之流中進行時，持續不斷地充滿於其

---

[43] 向陽：〈在廊柱和落葉之間〉，《歲月》（永和：大地出版社，1985 年 6 月），頁 41-43。

[44] 柏格森（Henri Bergson）著，李斯等譯：〈創造進化論〉收錄於歐肯、柏格森著，李斯等譯：《諾貝爾獎文集》（北京：時代文藝，2006 年 10 月），頁 54。

所盈積的「綿延」中[45]，去體驗到時間的變化，進一步去想像視覺
沒有感知到的「想像那些蝶們如何裝扮白天／想像天黑後一個老人
默然搖首」，構造出更豐富的時間感。向陽注重詩結構的嚴整，在
此詩首段第一句「當門駭然洞開之際我們皆感／訝異。」末段則出
現「那門瞬間閉關，把春天丟給我們……我們／僅僅是理也理不出
頭緒的荒草一片」，讓動作和敘述的情節帶出了整首詩結構的時間
感，而這樣的結構與敘事的想像，充分顯示向陽的想像力與感官描
述的文字能力，正如陳昌明說：「藝術感通是經由感通者創造的移
情，以及意識深處的想像，貫通意識層，投射在感官知覺或語言的
層次上，而『想像』，正是溝通意識深層、文化思維、生活經驗，
以及感官描述的橋樑[46]。」向陽以移情的擬人、對他者的生命時
間想像、感官描述的建構，將自我的時間與生命感受顯現得相當
深刻。

---

[45] 柏格森（Bergson, Henri）著，諾貝爾文學獎全集編譯委員會譯：〈創化論〉
收錄於《柏格森》（台北：書華，1981 年），頁 42。

[46] 陳昌明：〈「感覺性」與新詩語言析論〉收錄於國立彰化師範大學現代詩
研討會編輯委員主編：《現代詩語言與教學》，國立彰化師範大學國文系，
2001 年 11 月，頁 228-229。

從「他者」動物的生命時間領悟

　　由於植物的生命週期短，時間徵象明顯，因此常為詩人援引作為時間敘述的徵象。而動物的「他者」則可以透過動物的動作展開時間意象，正如海德格說：「如果我們追尋一種運動，在此之際，時間便來與我們打照面，而無須我們專門把握或者明確意指之[47]。」當詩中敘述「他者」動物的動作時，時間的因素就在此呈現了。向陽在詩作中除了植物的生命時間意象以外，亦會注意動物活動所產生的時間現象，例如前引詩就出現過「鳥」、「蝶」等意象，而〈歲杪抄詩〉亦透過鷹和花表現出生命與時間感的敘述：

　　　一隻鷹鳥在冷風下

　　　向天空索求，寬廣的

　　　領土。天空只是微笑

　　　讓陽光從雲層間

　　　露出臉來，告訴鷹鳥

---

[47] 海德格著，丁耘譯：《現象學之基本問題》（上海：譯文，2008 年 1 月），頁 330。

　　能圍多大的圈子

　　便有多少的輿地

　　鷹鳥奮力展翅，不斷翔飛

　　要把整個天空圈下來

　　倒在一小朵雲裡困住了

　　一株曇花在黑鬱中

　　向時間爭取，充分的

　　演出。時間沒有說話

　　由著夜把嚴肅的霜與露

　　悄悄滴落，警示曇花

　　能忍多大的酷寒

　　便有多少的形象

　　曇花奮力掙扎，咬牙抵禦

　　還是敵不過時間的侵凌

　　卻已在霜露下怒然綻放[48]

此詩分成兩段，前段以「鷹」為主題，第二段以「曇花」為主題，
寫鷹時，向陽描寫「鷹鳥奮力展翅，不斷翔飛」，描寫出生命在時

---

[48] 向陽：〈歲杪抄詩〉，《歲月》（永和：大地出版社，1985 年 6 月），頁 13-14。

間流中奮鬥的歷程；而曇花則被擬人具有人物形象的書寫：「曇花
奮力掙扎，咬牙抵禦」藉此凸顯出曇花在時間流中的生命歷程。然
而，在這首詩當中，我們亦能深刻比較出動物生命意象和植物生命
意象的差異，動物具有動作性，「能圍多大的圈子／便有多少的輿
地」重視出主體與空間的關係，而植物不具動作性，只能用自身的
特徵來展示自身：「一株曇花在黑鬱中／向時間爭取，充分的／演
出。」則更重視主體與時間的關係。

　　相較之下，〈驚蟄吟〉透過較為傳統時間象徵的「蟄蟲」鳴叫
來揭示時間感，則能花費較多篇幅敘述當下時間的空間描寫：

> 寒意自昨夜起逐步撤退
>
> 清晨進駐林間的一隊鳥聲
>
> 把微曦與樹影咬成起落的音階
>
> 久潮牆角，忽然暈染開來
>
> 破窗過訪的陽光，靜靜
>
> 溫慰著瑟縮的鋤犁。北風
>
> 向西，一波波湧溢
>
> 靄靄氣息。屋舍昂然抖擻
>
> 泥土中，蟄蟲正待開門探頭
>
> 隨蛺蝶，我入園中遊走

> 一似去年，田犁碌碌耙梳土地
>
> 汗與血還是要向新泥生息
>
> 鷺鷥輕踩牛背，蚯蚓翻滾
>
> 在田畝中，我播種
>
> 在世世代代不斷翻耕的悲喜裡
>
> 放眼是遠山近樹翩飛新綠
>
> 昨夜寒涼，且遣澗水漂離
>
> 我耕作，但為這塊美麗大地
>
> 期待桃花應聲開放
>
> 當雷霆破天，轟隆直下[49]

在這首詩中，向陽烘托出一個具體的空間感，而這個空間感則呈現當下時間的「美麗大地」。向陽首句「寒意自昨夜起逐步撤退」先用溫度的觸覺烘托情境，次句則用「鳥聲」的聽覺，然後才是視覺的「微曦」、「樹影」烘托出當下的時間情境。次段，「在世世代代不斷翻耕的悲喜裡／放眼是遠山近樹翩飛新綠」則揭時間的恆久性。最末「期待桃花的應聲開放」，則呼應「驚蟄吟」而對時間有所預期。綜觀此詩，向陽僅用「我播種」、「我耕作」作為我在當下時空中的參與，大部分的篇幅都是透過詩中的「他者」展現其綿延

---

[49] 向陽：〈驚蟄吟〉，《歲月》（永和：大地出版社，1985 年 6 月），頁 21-22。

的時間性，透過「他者」群的結構，建構出一個具有當下感的空間出來，並且藉由此空間追憶「世世代代」的變化以及對「桃花的應聲開放」之期待。總而言之，奠基於「驚蟄」以及其他「他者」所建構的空間，呈現了向陽所感知到的時間感受。

從「他者」人類的生命時間領悟

除了自然空間以及自然空間中的植物、動物「他者」外，人是群體動物，生活中必然有與「他人」相處的經驗，而身為「他者」的他人生命時間綿延，自然也可以作為時間參照，使人理解到時間的印象。向陽在詩集《歲月》中，亦會援引其自我對他人的感知與想像，作為時間敘述的展開，並蘊含了其深刻的情思。例如〈穀雨〉就是對自我以外的「他者」，其父親的懷念，而藉此追憶過去的時間，舉其第二段為例：

也是穀雨時候，時間更久
清風微吹，我年幼
而您瘦黑，回去凍頂舊厝
路過了竹林就是茶園

> 車聲和人間慢慢退後
>
> 只有漫山菁綠、溫柔的茶樹
>
> 單薄灰白的墓碑兩座
>
> 您指給我：那就是了
>
> 阿公阿媽的家，爸以後
>
> 也要含笑休睏的窩[50]

這首詩懷念死去的父親，正如巴赫金說：「只有有生有死的具體之人的價值，才能為空間和時間序列提供比例關係的尺度：空間緊縮而成為有生有死之人的可能的視野，他的可能的週邊環境；而時間則作為有生有死之人的生活流程而具有了價值的分量[51]。」死亡使人深刻認識到空間、時間的尺度，嚴肅面對到生命時間的議題，向陽深刻地追憶對父親的種種，清晰呈現他對父親的感情，而除了對父親的追憶敘述外，向陽也列舉「穀雨」、「清風」、「凍頂舊曆」、「竹林」、「茶圃」等時空中的他者，烘托出過去當時的時間情境，而不單只是純粹地描寫父親。此詩末段：

50　向陽：〈穀雨〉，《歲月》（永和：大地出版社，1985 年 6 月），頁 33。

51　巴赫金（Baxthh, M.M.）著，錢中文主編，曉河等譯：〈論行為哲學〉《巴赫金全集》第一卷（山東：河北教育出版社，1998 年 6 月），頁 65。

> 那種休眠不是——很好嗎
>
> 爸爸，如今清明剛過，眨眼
>
> 穀雨將來，冷霧輕輕
>
> 輕輕罩在您安然休眠的山邊
>
> 下種的時候囉！叔伯都說
>
> 可惜你爹看不到，今年雨前
>
> 春茶豐收！但是爸爸
>
> 一定只有您在水霧間看見
>
> 低頭默默試著新茶的我
>
> 舌尖甘甜，喉裡的慚愧難嚥[52]

這段最後幾句，用「春茶豐收！」，而詩中「我」是「低頭默默試著新茶」、「舌尖甘甜，喉裡的慚愧難嚥」以味覺的甘甜來映襯心中的「慚愧難嚥」，反襯出思念父親的苦，充分地表述出當下的情感以及對過去「他者」父親的懷念。

〈穀雨〉是追憶於過去時間中去世的父親，顯現出回憶中悲傷苦澀的氛圍，而另一首詩〈唸給寶寶聽〉則是描寫對孩子的關愛，期待孩子長大，全詩充滿了歡樂與期待：

---

[52] 向陽：〈穀雨〉，《歲月》（永和：大地出版社，1985 年 6 月），頁 35。

在笑聲中，寶寶
爸爸媽媽偎在你身邊
伊伊呀呀學著你純真的
笑語，用關懷與愛情
伊伊呀呀試著與你交談
隨你的眼珠轉動
讓你的唇角牽引
媽媽爸爸注視著你
好像兩座拉著手的山
看著溪河流過一樣
看著親愛的寶寶
在搖籃裡笑啊叫著

寶寶，在笑聲中
爸爸媽媽希望你健康地
長大，像一朵花蕾
在陽光下愉快地綻放
更像一棵青翠的樹苗
嫩綠地向著藍色的天空
招手，媽媽爸爸也希望

寶寶，不怕偶而吹來的
寒風，不怕每晚降臨的
黑暗。舒開眉頭
微笑著閉上眼睛，在媽媽的
懷裡、爸爸的臂上輕睡

在輕睡中，媽媽爸爸陪著你
寶寶，在你甜美的睡夢中
爸爸媽媽細心地看望著你
那白裡透紅的臉蛋
那稀疏而富有光澤的頭髮
那無意間的牽嘴、皺眉
那眉梢眼角洩露出的
羞澀的笑意，在伊伊呀呀裡
爸爸媽媽等你醒來
讓銀鈴一般輕脆的笑聲
洋溢在我們家中，讓窗外
好奇的白雲圍攏過來

為了更多的笑聲，寶寶
爸爸媽媽呵護你的長大

　　像一棵小樹苗，你將在
　　媽媽爸爸生長過來的
　　土地上伸展手腳，自由呼吸
　　但是寶寶，爸爸媽媽不能幫你
　　逃避風雨的吹襲，寶寶
　　媽媽爸爸只能用豐裕的愛心
　　培植你的逐漸抽芽、更加健康
　　在將來陽光遍灑的大道上
　　寶寶會慢慢長大，在笑聲中
　　讓爸爸媽媽看著你茁壯[53]

此詩共四段，前三段第一句有「在……中」，顯示出當下時間，首
段「爸爸媽媽偎在你身邊」、「媽媽爸爸注視著你」，透過爸爸、媽
媽和寶寶三者的關係，結構起當下時間中的人際位置，第二段則顯
示出爸爸媽媽對寶寶未來時間的前瞻：「爸爸媽媽希望你健康地／
長大」，第三段又回到當下「寶寶輕睡」的時間，透過對於寶寶時
間的反覆述說，澄明父母對孩子在時間流中的意向活動，最末呼應
著前面的敘述，表現出父母對孩子在時間流中的前瞻與期待：「寶
寶會慢慢長大，在笑聲中／讓爸爸媽媽看著你茁壯」將父母對孩子

---

[53] 向陽：〈唸給寶寶聽〉，《歲月》（永和：大地出版社，1985 年 6 月），頁 57-61。

的期待表露無遺。綜觀此詩，表現了爸爸媽媽對於「異己」的「他者」──孩子之關切心態，在這首詩中，孩子的活動：「笑聲」、「輕睡」是最重要的敘述，爸爸媽媽則是敘述者的立場，透過「像一朵花蕾」、「像一棵小樹苗」平淺但深情的明喻揭示父母對孩子的愛，並以「笑聲」烘托出一個孩子成長的正面生命情境。此詩主要是敘述父母對孩子在時間流中成長的期待，孩子的成長成了時間流動中最重要的徵象，且蘊含了相當豐富的關愛情感，使那種父母慈愛真摯的情感隱然成為這首詩的主題。

結論

　　向陽是臺灣詩壇重要的詩人，歷來論者多半針對其臺語詩來討論向陽與其鄉土詩作特色，然而以向陽的詩集《歲月》來看，向陽的詩作具有精密的詩語言以及詩結構，正如林燿德所說：

> 向陽深刻地觀照、敦厚地思索，再使用精密的詩語言反映
> 出來，使詩超越了現實社會的短視需要，成為藝術形式的
> 典型，持久散發詩人對世界至真至大的觀懷，因此，向陽
> 不論寫鄉土、寫政治，都能使詩的本體保持文學純度，

不至於淪為劣等的政治宣傳言或者工具，這正是他卓越的膽識[54]。

向陽的詩美學藝術自成其藝術形式的典型。我們以向陽《歲月》詩集為研究文本，從向陽詩中檢視向陽對時間的思索與表述，向陽無疑是深刻觀照人生、生命的詩人，他對時間的陳述充滿了對生命的感知與認識。向陽總是透過對「自我」以外的「他者」的觀照、關懷，去認識生命在時間流中的綿延與演繹，將其感知到的片段鎔鑄、重組、結合，構成有效的意象。而正如向陽自言：

> 詩人之可貴，豈不在於他能以最佳形式承載深刻的思想、取繁於簡的意象嗎？如果詩人不能在狹窄的形式空間裡，處理最寬闊的詩想境界，則其可貴何在[55]？

向陽在生命與時間的意象取捨，整首詩結構與形式的安排上，恰如其份表現他所感知與欲表述的思想、意象，在繁複的「他者」綿延所產生的時間徵象中，我們看見向陽縝密的心思與藝術技巧，表現出詩人的可貴之處。是故，我們看見向陽的意識中，「他者」呈現

---

[54] 林燿德：〈陽光的無限軌跡：有關向陽詩集「歲月」〉，《文訊》，1985 年 8 月 19 期，頁 219。

[55] 向陽：〈「十行集相關評論介析引得」〉，《十行集》（台北：九歌，2004 年），頁 226-230。

了時間與空間的經驗，而他的作品為我們呈現了抽象時間表述的可能，以及可貴的藝術經驗。

發表於「現代文學國際研討會」

空間與行動：

蕭蕭《毫末天地》中空間意識的呈現

摘要

　　蕭蕭是臺灣中生代著名的詩人，長期經營新詩創作與教學，創作與教學的經驗頗豐，並且長時間對詩學進行研究，是一具有完整創作經驗與詩學思想的詩人，歷來以「蕭蕭」作為研究的論文頗多，而且相當全面，本書在前人研究成果的奠基上，論述蕭蕭如何在詩中對「空間」的廣袤進行表述，作為其意識主體在空間中的呈現。一般而言，我們認為空間是填充物的廣袤，因此就文學作品而言，描寫客觀物及物與物之間的間隙，就能呈現欲表述的空間感。然而，正如畢恆達分析《空間詩學》一書說道：「巴舍拉認為空間並

非填充物體的容器，而是人類意識的居所……[1]。」空間是在人類的意識下所感知到而呈現出來，而人類意識到的空間則是透過物的廣延、物的位置與動作變化呈現，蕭蕭在《毫末天地》中特別注意到空間物與空間的細微變化，在其精鍊的短詩中呈現空間感的細膩變化，本書即據此從蕭蕭詩集《毫末天地》中呈現空間物的行動變化所造成的空間感，進而發覺蕭蕭空間意識的呈現。

前言

　　蕭蕭是臺灣中生代著名的詩人，長期經營新詩創作與教學，創作與教學的經驗頗豐，並且長時間對詩學進行研究，是一具有完整創作經驗與詩學思想的詩人，歷來以「蕭蕭」作為研究的論文頗多，而且相當全面，例如以蕭蕭部分詩作或單首詩作為研究、以蕭蕭單本詩集或詩學著作的論文，其中以丁旭輝對蕭蕭詩作研究最為深入，有數篇以蕭蕭整體詩風為研究對象的論文發表[2]。在蕭蕭豐富

---

[1]　畢恆達：〈家的想像與性別差異〉收錄於巴舍拉（Gaston Bachelard）著，龔卓軍、王靜慧譯：《空間詩學》（台北：張老師文化，2004 年 10 月），頁 14。

[2]　參見丁旭輝：〈論蕭蕭短詩的簡約美學〉，《國文學誌》，2005 年 6 月第 10 期，頁 57-79、丁旭輝：〈賞析蕭蕭的三首絕妙好詩〉，《笠》2000 年 12 月第 220 期，頁 138-143、丁旭輝：〈蕭蕭圖象詩研究〉，《中國現代文學理論》，

的詩學思想及詩創作經驗中，我們可以體驗到其完整周延的表述形式。我們從蕭蕭詩集《豪末天地》的詩集名，可知此詩集是以「空間」作為創作主軸，本書即以此文本作為討論對象，論述蕭蕭如何在詩中對「空間」的廣袤進行表述，作為其意識主體在空間中的呈現。

一般而言，我們認為空間是填充物的廣袤，因此就文學作品而言，描寫客觀物及物與物之間的間隙就能呈現欲表述的空間感，正如畢恆達分析《空間詩學》一書說道：「巴舍拉認為空間並非填充物體的容器，而是人類意識的居所⋯⋯[3]。」空間是在人類的意識下所感知到而呈現出來，而人類意識到的空間則是透過物的廣延、物的位置與動作變化呈現。正如曾霄容所言：「空間的認知是由於對象的位置、大小、形狀以及對象互相間乃至對象與觀察者之間的方向、距離等的空間關係所規定的。[4]」在此，我們特別注意到「對象與觀察者之間的方向、距離等空間關係」，對象的行動變化將會影響到兩者之間的方向與距離，影響到觀察者所意識到的空間感。蕭蕭在《毫末天地》中特別注意到空間物與空間的細微變化，在其精鍊的短詩中呈現空間感的細膩變化，本書即據此從蕭蕭詩集《毫

2000 年 9 月 19 期，頁 470-480。

[3] 畢恆達：〈家的想像與性別差異〉收錄於巴舍拉（Gaston Bachelard）著，龔卓軍、王靜慧譯：《空間詩學》（台北：張老師文化，2004 年 10 月），頁 14。

[4] 曾霄容：《時空論》（台北：青文出版社，1972 年 3 月），頁 410。

末天地》中呈現空間物的行動變化所造成的空間感，來發覺蕭蕭空間意識的呈現。

自我行動所開展的空間感

　　自我的身體佔有空間，而自我如何從身體作為起點，去想像或感知世界與他者的空間感？正如龔卓軍說：「由於我們的身體總是感覺著自身，總是當下地『在此』向我給出，因而我的身體成了理解他人的一個軸心參考空間。這個可運動、保持對自身感受、對外在空間感受的軸心參考空間，是我們對『他者』想像的出發點[5]。」身體是一「軸心參考空間」，從這個「可運動」、「可對外在空間感受」的軸心參考空間，可以讓我們以自我身體為中心，對於自我以外的「空間他者」進行感知或想像。胡塞爾也以身處的空間為中心，指出：「我所身處的並且同時是我的周圍世界的這個世界是與我的經常變化的意識自發性的集合體相聯繫的，這個意識是指觀察、說明和在描述中的概念化過程，比較，區別，合取和技術，設定和推

5　龔卓軍：〈身體感：胡塞爾對身體的形構分析〉，《應用心理研究》，2006 年 3 月第 29 期，頁 172。

理，簡言之，在其各種形式和階段中的理論性意識[6]。」而自我身體或位置的改變，可以使感知「空間」的「意向弧」改變[7]，擴大主體對空間感的意向活動。然而，空間中「行動」或者「不行動」的選擇，本質上都是自我在空間中「行動」彰顯，而自我在行動過程中，無可避免自我與他者可能構成更為複雜的空間感，所以在此一小節中分成「自我的空間行動」與「我與他者的空間行動」兩部分進行討論。

（一）自我的空間行動

自我在空間中的活動會影響到自我空間感的形成，正如覃子豪說：「詩人由其主觀的態度來看宇宙的一切，詩便存在於詩人主觀的態度裡，從感情的世界出發，世界上一切事物都成為了詩的東

---

[6]　胡塞爾：〈現象學的基本考察〉收錄於倪梁康編：《胡塞爾選集（上）》（上海：上海三聯書局，1997年11月），頁376。

[7]　普里莫茲克指出梅洛龐蒂認為我們生活的「意向弧」就像探照燈一樣地意向四周：「這種『意向弧』把我們投向四周，並把我們置於我們的世界之中，呈現我們的過去、現在、將來，呈獻我們人類和非人類的處境，我們的物質處境，意識形態處境，道德處境等等，從而使我們的意識生活及自我成為可能。」意向弧像從自我主體發出的探照燈一樣，不斷對自我周遭空間進行意象活動。參見普里莫茲克著、關群德譯：《梅洛—龐蒂》（北京：中華，2003年6月），頁20。

西。[8]」蕭蕭透過詩語言呈現自我在空間中的行動，所呈現出來的空間感是人化的空間感，也是詩化的空間感，在〈孤獨的旅者〉這首詩中，就呈現了被人為活動意識化的空間敘述：

> 所有的苦難都是我
>
> 可能的方向
>
> 所有的眼神都繫不住一息
>
> 風的輕噫
>
> 我選擇了遠方的雲
>
> 雲選擇了南北東西[9]

這首詩將情感直接投射到空間中的方向，正如岳麗穎指出構成詩歌內部的時空結構說：「這種時空結構受詩人情感支配，並由具體的時空意象作為建構載體，最終指向詩歌意境的創造，使整個詩歌作品成為一個整體和諧運轉，令人涵詠回味不已。[10]」蕭蕭此詩以「苦難」、「輕噫」作為支配詩歌空間的情感，呈現一個孤獨、無根的空

8　覃子豪：《論現代詩》（台中：普天出版社，1976 年 9 月），頁 6。

9　蕭蕭：〈孤獨的旅者〉，《天地毫末》（台北：漢光文化，1989 年 7 月），頁 15。

10　岳麗穎：〈中國古典詩歌時空結構新探〉收錄於《涪陵師範學院學報》，第 19 卷第 6 期，2003 年 11 月，頁 39。

間意識，蕭蕭在此詩中意欲表述「旅者」的主體透過空間「旅行」的行動，呈現一種對遠方感嘆的空間感。因此我們可發現這種感嘆、苦難的空間感，即是來自主體在空間中的行動，是一種旅者主體「選擇了遠方」的行動所建構起來的空間感。

我們在〈孤獨的旅者〉一詩中，看見蕭蕭以詩中旅者的自我行動空間與「雲選擇了南北東西」的雲飄泊行動，烘托出詩作中一整體的空間感。蕭蕭在《天地毫末中》似喜用雲飄泊不定的「行動」來烘托出主體自我的「動」與「不動」的空間感受，〈孤獨的旅者〉透過雲的飄泊烘托主體旅者的活動，而〈白雲〉一詩則透過雲的活動烘托出詩中自我無法移動的空間情緒：

> 我隔著鋁窗望白雲　　注視著
> 白　幻想著
> 雲
>
> 白雲忘了自己就是白雲
> 可以來，可以去
> 可以不來不去[11]

---

[11]　蕭蕭：〈白雲〉，《天地毫末》（台北：漢光文化，1989 年 7 月），頁 17。

這首詩中「我」的行動是被困在鋁窗內的空間中，但詩中「我」仍透過「注視」的行動將其所意識到的空間拓展開來，將自我意識投射到鋁窗外的空間物「白雲」上。正如李清筠關於空間的描述：「人們可以依其主體意願，含容、參與且直接關懷，從而形成一種『自我中心空間』，這也就是人文主義地理學所揭示的『存在空間』。這個空間的形成是由主體人為中心點向外擴展，而在擴展中，賦予自我價值觀的投射與造型。[12]」在這首詩中，蕭蕭透過主體意願，以注視的行動直接關懷自我以外的空間，也就是白雲所佔有的廣延，使自我中心空間擴大，意識到雲的活動空間與自由活動的可能，作為詩中自我在鋁窗後空間的反襯與延伸。

　　相較於〈白雲〉從詩中人主體移識到白雲的空間行動上，〈不是不是〉這首詩則是直接將「帆」、「山」作為意識主體來陳述，表述出空間活動中的際遇感：

> 過盡千山皆不是
>
> 我飄，我泊，無依的帆

---

[12] 李清筠：《時空情境中的自我影像：以阮籍、陸機、陶淵明詩為例》（台北：文津，2000 年），頁 82。

帶著殘破的濤音

走回長期被囚禁被欺被壓

日日瘦小而冷的　心

過盡千帆皆不是

我凝，我固，孤寂的山[13]

這首詩中，蕭蕭將意識先移轉到漂泊航行的「帆」上，作移情的表述，金開誠從文藝心理的角度來看說：「『移情』有一個必要的前提，就是『移識』，而其實際的心理活動乃是一種特殊的想像。[14]」蕭蕭將意識從人的主體轉移到「帆」上，透過「帆」的航行，使「我」從「帆」的角度展現對於「山」的空間意向活動，使空間中的主體際間際遇得以彰顯；蕭蕭並在第三段作反向的空間辯證，轉換意識角度，移識到「山」作為主體，辯證出「山」與「帆」在空間活動中的對應關係，使人際間的際遇關係，在「山」與「帆」空間活動的隱喻中呈現出來。

　　綜觀上述所論，蕭蕭以自我意識為中心呈現的空間感，必然包含主體的行動或行動意識，透過具體行動使空間能夠更加立體、鮮

---

[13] 蕭蕭：〈白雲〉，《天地毫末》（台北：漢光文化，1989 年 7 月），頁 17。

[14] 金開誠：《文藝心理學概論》（北京：北京大學出版社，1999 年 1 月），頁 215。

明的呈現出來，據此，也可以看見主體行動的敘述與空間呈現是息
息相關。

（二）我與他者的空間行動

正如柏格森說：「我的身體在空間裡運動時，其他的形象也在
變動，而只有我的身體這個形象依然不變。因此，我們必須把我的
身體作為一個中心，根據它來定義其他形象[15]。」以自我的空間作
為軸心參考點，使意識從自我的空間活動出發，得以在自我的空間
行動中認識並定義他者的空間活動。我們在詩集《毫末天地》中看
見蕭蕭擅長在空間中、主體的行動中表現空間感，而在自我與他者
的行動中，我們可以看見主體際間的行動所開展複雜的空間感，這
種空間感是更加帶有人際之間的情感色彩，例如〈冬日沙崙海灘〉：

地平線上
一顆落日，緩緩緩緩地
什麼也沒說

---

[15] 柏格森（Bergson, H.）著，肖聿譯：《材料與記憶》（北京：華夏，1999年），
頁 34。

> 什麼也沒說
>
> 你與我靜靜，望著[16]

此詩第一段描述「落日」在空間中的佔有，「落日」中的「落」就表徵太陽本有的行動，呈現了太陽在地平線上的空間行動，烘托出落日海邊的空間感。然而，這樣空間的情境只是一單純客觀風景，而在第二段敘述「你」和「我」在空間中的行動：「什麼也沒說」、「靜靜，望著」，這樣安靜、平靜的行動搭配落日的空間感，呈現出一個屬於詩中「你」、「我」在空間「共在」的時間感受，落日的行動與詩中人的行動是使此詩中空間時間化的重要關鍵，而詩中「你」與「我」的行動除了空間時間化的烘托外，更作為主體際間情感的情境烘托，使這首簡短的詩具有了深度的意涵。

〈忘言〉這首詩，也是表述「你」與「我」主體際的空間關係與情感，而這首詩更特別的是它所呈現的空間感：

> 雨，落著
>
> 我靠在你的懷裡睡著

---

[16] 蕭蕭：〈冬日沙崙海灘〉，《天地毫末》（台北：漢光文化，1989 年 7 月），頁 9。

> 雨，下著
>
> 你坐在我的夢裡
>
> 醒著[17]

這首詩中的「我」以一個睡著的立場來述說，雨的「空間行動」的落著或下著，跨越了現實與夢中的空間，張漢良說：「夢的特徵正是與外在現實的絕緣關係[18]。」指出夢和外在現實的絕緣，然蕭蕭這首詩卻透過「雨」落著或下著，將現實空間與夢的空間聯繫起來，造成一種現實與虛幻疊合的美感空間；另一方面，蕭蕭用現實空間中行動「我靠在你的懷裡睡著」與夢裡的虛幻空間中行動「你坐在我的夢裡／醒著」，凸顯出「你」、「我」在空間行動中親密的依賴關係。此詩中「你」、「我」的相互活動帶出其詩中疊合的空間感也烘托出兩人的關係情境。正如覃子豪所說：「詩本身有一種夢的氣氛。不獨如此，凡屬藝術均有夢的氣氛存在[19]。」此詩所呈現的空間感相當具有夢特有的氛圍，將夢與現實相互疊合，呈現了蕭蕭的巧思。

---

[17] 蕭蕭：〈冬日沙崙海灘〉，《天地毫末》（台北：漢光文化，1989 年 7 月），頁 9。

[18] 張漢良：〈論詩中夢的結構〉收錄於張漢良：《現代詩論衡》（台北：幼獅，1977 年 6 月），頁 29。

[19] 覃子豪：《論現代詩》（台中：普天出版社，1976 年 9 月），頁 59。

　　而蕭蕭收錄在《毫末天地》中的兩首〈探親〉，則將當時「自我」和「他者」海峽兩岸的血緣關係與探親所形成的空間行動描寫得很深入：

探親（一）

他們從紅十字會回上海北平蘭州
我們從臺北回彰化社頭

為什麼血總要流出體外
才知道找尋脈管回溯[20]

探親（二）

我們從臺北回彰化社頭
他們從紅十字會回上海北平蘭州

為什麼所有的血只能匆匆撞擊心臟
不能久留[21]？

---

[20]　蕭蕭：〈探親（一）〉，《天地毫末》（台北：漢光文化，1989 年 7 月），頁 39。
[21]　蕭蕭：〈探親（二）〉，《天地毫末》（台北：漢光文化，1989 年 7 月），頁 40。

這兩首詩所敘述的主題和運用的比喻接近，因此在此一起討論。蕭
蕭描寫了「我們」和「他者」在空間中的探親活動，透過行動表現
出「血緣」的主體際間於時間與空間限制中，所產生的遺憾，這種
遺憾是詩中從彰化社頭遷移到臺北的「我們」與從上海北平蘭州遷
移到臺灣的「他們」普遍共通的情緒，在空間中的行動揭露了如此
的共通情感，也透過行動描寫，進一步用「血液」在「脈管」和「心
臟」間的空間流動，隱喻出主體對於空間、時間限制的無奈，正如
加斯東・巴舍拉就說：「現長時間的逆旅居所，唯有透過空間，唯
有在空間中才得以發現。潛意識深居其中。回憶無所遷動，它們空
間化得越好，就越穩固[22]。」主體意識對於長時間的遷移，只有在
空間中才得以澄明遷移的距離，對過去的空間居所，回憶在「空間
化」的過程中，使主體意識對其過去空間居所情感印象更加濃郁深
層。蕭蕭在此兩首詩中，主題是寫「探親」的空間行動，但隱然包
含著主體意識的空間感、時間感與對於遷移空間歷時性的感受。

　　綜觀上述的討論，我們可以看見單一表述自我的空間行動，是
純粹呈現主體意識的空間展開，透過行動作為身體在空間中的「廣
延」，澄明空間感的一種方式。正如史作檉說：「空間，即表達。一

---

[22] 巴舍拉（Gaston Bachelard）著，龔卓軍、王靜慧譯：《空間詩學》（台北：
　　張老師文化，2004 年 10 月），頁 71。

切事物的存在，都必以表達的方式呈現著[23]。」空間如何以「表達」的方式存在？空間必然以「我」所能夠感知的方式為「我」所表達出來，我們在蕭蕭的詩中看見蕭蕭以自我主體的意識活動、主體的空間行動作為自我對空間的表達，史作檉又說：「表達和存在之間的關係，即空間和時間的關係，或即以空間表時間，所以誠如前面所言，所謂現時、表達、空間、停止、在這裡，實同一所指。或如以表達而言，使這一切成為可能者，即『我』的存在[24]。」也就是說，主體的存在就是時間與空間的關係，主體透過活動感知空間，同樣主體也運用空間中的行動確認自我存在於空間與時間中，在空間中的意識與身體的行動，澄明著主體與空間的存在。

　　然而，從蕭蕭描述「自我」與「他者」空間行動的詩中，我們發現其空間行動的表述意涵遠比單純描述「自我」意識主體的空間行動意涵更加複雜，包含了行動所呈現的時間感，以及在行動中所闡釋、演繹和示現的主體際情感關係。而對於空間中的「行動」內涵還不僅止於此，後文繼續針對《毫末天地》中單純「他者」的空間活動主題的詩作做論述。

---

[23] 史作檉：《空間與時間》（新竹：仰哲，1984 年 10 月），頁 156。

[24] 史作檉：《空間與時間》（新竹：仰哲，1984 年 10 月），頁 167-168。

他者的空間行動

　　所謂他者，正如游美惠所說：「他者／異己是與『自我』（self）
相對照的一個概念。他者／異己對於界定『正常』（defining what is
"normal"）和界定人們的主體位置和相當重要[25]。」他者是「異己」，
是與自我相對照的一個概念，是自我以外的對象，是同樣的意識主
體，而認識他者的方式則是透過「移情」的方式，去賦予意義。胡
塞爾說：「他人的主觀性是在我自己的進行自身經驗的生活之領域
中，就是說，是在進行自身經驗的移情作用中，間接地，而不是原
初地被給予我的，但確實被給予了，而且被經驗到了。正如過去的
東西作為過去的東西只有藉助於記憶才能被原初地給予，將來發生
的事情本身只有藉助於預期才能被原初地給予一樣，他人作為他人
只有藉助於移情作用才能被原初地給予。在這種意義上，原初的給
予性和經驗是同一個東西[26]。」也就是說，他人的主觀性可以透過
「自我」在自身經驗的移情想像中，去經驗到他人的經驗。

---

[25] 游美惠：〈他者／異己〉《性別平等教育季刊》，2006 年 12 月第 38 期，頁 80。
[26] 胡塞爾著，王炳文譯：《第一哲學》（下），（北京：商務印書館，2006 年 12
　　月），頁 246。

　　我們在蕭蕭《毫末天地》詩集中，看見蕭蕭對於空間中共在的
他者，常會以移情作用的想像，去經驗並表述他者的意識主體在空
間中的情感與身體活動，例如：〈榮民〉這首詩：

　　所有的想念推擠，奔湧
　　向最柔軟的褐色沙灘

　　鼻頭輕輕一酸
　　長江呵
　　黃河啊
　　縱橫而下任他江南江北多少支流[27]

〈榮民〉這首詩是設想他者榮民的身份而抒發出遷移思鄉情感的詩
作，蕭蕭「移識」去經驗被迫遷移的榮民它他們思念家鄉的情緒，
黃應貴就曾指出：「過去，人們常以具體而固定的空間，做為社會
文化認同的基礎。反之，人們被迫不斷遷移，正如猶太人的離散
（diaspora），被稱之為流離失所，往往披上了悲慘的色調[28]。」蕭
蕭的移識領會到「他者」榮民被迫遷移離開社會文化認同的固定空

27　蕭蕭：〈榮民〉，《天地毫末》（台北：漢光文化，1989 年 7 月），頁 11。
28　黃應貴：〈導論：空間之意象、實踐與社會的生產〉收錄於黃應貴主編：《空
　　間與文化場域：空間之意象、實踐與社會的生產》（台北：漢學研究中心，
　　2009 年 10 月），頁 1。

間，將這樣的情思具體化描述成「可推擠的思念」，在此詩中思念的意識活動亦被具象成空間的活動而「奔湧／向最柔軟的褐色沙灘」，繼而在第二段中，蕭蕭詩中透過「他者」意識活動的想像，將長江、黃河表徵為故鄉空間的象徵，長江、黃河中水流「縱橫而下」隱喻榮民或榮民情感意識在空間中的遷移、移動與意向。這首詩想像榮民被迫遷移的空間行動後，進一步將其情感意識投射在隱喻的空間中而彰顯出「他者」的情感，將意識主體的情感和空間隱喻運用得相當精彩。

蕭蕭在《毫末天地》中還有另一首詩〈只有老兵能〉，也是寫榮民這類身份的「他者」，則是更具體地交代出空間出來：

> 只有你能一掌劈開中央／山脈
> 蜿蜿蜒蜒，引歷史走進大塊山水
> 只有你能雙腳走上街頭，露宿
> 街頭，回味大江南北、鋼盔草鞋
>
> 只是你不能──一掌劈下去
> 戰士授田證，薄薄的一頁

　　無田無山無水。也——
　　無淚[29]

這首詩首句「只有你能一掌劈開中央／山脈」誇張地敘述老兵開闢
橫貫公路的功績，正如黃永武所說：「凡物都有特徵，細摹物象，
如能把握其特徵，予以誇大渲染，每能給人意外明確的印象。就像
漫畫一樣，將人或物的特色及重要部分，故意作過分地誇張，始能
達到窮形盡相的目的[30]。」蕭蕭將老兵在空間中的行動「造路」加
以誇張化地表述，使老兵勞苦功高的形象得以更加鮮明，第一段藉
著首句如此鮮明的形象，進一步描述老兵在空間中的具體活動。事
實上，具體的行動是證明存有跟空間關係最重要的奠基。汪文聖就
曾指出胡塞爾、梅洛龐蒂到海德格這些的立場，指出他們是：「將
人的身體運動作為構成空間的基礎，將世界與人的關係透過身體結
合起來，人之意識從身體而出發實際與世界關聯，故『我能夠』的
意識成為具體的、實踐的，乃至成為存在的[31]。」人的身體運動就
是人具體在空間中行動的根據，透過空間行動具體的、實踐的奠
基，使人確實能夠被澄明為「存在的」。而蕭蕭在〈只有老兵能〉

---

[29] 蕭蕭：〈只有老兵能〉，《天地毫末》（台北：漢光文化，1989 年 7 月），頁
　　54。

[30] 黃永武：《中國詩學：設計篇》（台北：巨流，1976 年 10 月），頁 34。

[31] 汪文聖：《現象學與科學哲學》（台北：五南，2001 年），頁 107。

中，正是用老兵們的空間活動證實了老兵們的存有，但蕭蕭不僅如此，第二段進一步透過「能」與「不能」的辯證，辯證出蕭蕭個人對老兵關於「戰士授田證」一事的同情。

蕭蕭於《毫末天地》中，除了對榮民、老兵這類人物的想像、移識外，在這本薄薄的詩集中，也對「擺地攤」這種截然不同的身份角色極感興趣，收錄了兩首關於「地攤速寫」的詩作，證明了「毫末天地」間，「他者」形象的豐富多元，〈吆喝——地攤速寫之一〉寫活了「擺地攤的他者」吆喝叫賣的動作：

> 不吆喝吆喝
> 人不會波動成浪
> 錢，不會滾滾
> 滾滾如潮
>
> 不吆喝吆喝
> 地球與頭顱怎麼會繞著太陽
> 轉
> 轉不停[32]

---

[32] 蕭蕭：〈吆喝——地攤速寫之一〉，《天地毫末》（台北：漢光文化，1989年7月），頁30。

這首短詩並沒有主詞，純粹以文字作情景的速寫，然而詩中寫出了攤販在市場空間中「吆喝」的動作，並且從「吆喝」行動中外延出「人」與「錢」的市場活動，蕭蕭用「波動成浪」、「滾滾如潮」的比喻具體化「人」與「錢」的抽象活動。正如陳榮華說：「當此有緣於周遭世界能提供一個成品來滿足它，而又以一物指向到另一物時，它就將滿足一個具體的周遭世界呈現出來了[33]。」透過不間斷地對事物的意向，可以參照反映出具體的世界結構，在這首詩的前半段，就是透過對「吆喝」的參照，外延指向「人」的行動，又針對「人」的參照，指向「錢」的經濟活動，結構出一個完整具體的市場經濟活動。而這樣的指向參照，在詩中就形成了隱喻的連鎖，在隱喻連鎖中，使對原初「吆喝」和整個表述結構的意義有了鮮明的呈現。

此詩第一段揭示了「吆喝」促成人「波動成浪」、錢「滾滾如潮」的根源，第二段奠基於此更加發揮，表述「地球」與「頭顱」轉動亦因「吆喝」，用誇張的隱喻說明了擺地攤的「他者」的存在根源與價值觀，雖然這只是對擺地攤的「他者」片面觀察，但將「吆喝」的「他者」形象與「吆喝」的意義都完整而清楚的凸顯出來。

---

[33] 陳榮華：《海德格《存有與時間》闡釋》（台北：台大出版中心，2003 年），頁 107。

第二首〈包袱──地攤速寫之二〉是從攤販躲警察的角度來表現攤販的生活，可看見蕭蕭對於攤販另一個片面的描述：

哨子一起
我們捲起包袱就走
人生哪！
什麼東西不是鋪在大地上盡情展示
什麼東西不是捲起來就可以
帶走？

哨聲不落
我們不樂[34]

警哨聲一響，擺地攤的人為了躲警察就必須「捲起包袱就走」，從這個他者的「行動」參照指向出「人生哪！／什麼東西不是鋪在大地上盡情展示／什麼東西不是捲起來就可以」，展現蕭蕭設想「他者」的人生體悟。詩中宣示人生的行動，就是「在大地上展示」又「捲起來就可以帶走」，簡短兩句話從「擺地攤」的「他者」呈現

---

[34] 蕭蕭：〈吆喝──地攤速寫之二〉，《天地毫末》（台北：漢光文化，1989 年 7 月），頁 31。

了生命普遍的現象。也可見證蕭蕭的詩雖然短卻能夠在精闢的隱喻中，化簡短為深奧的意義呈現。

　　綜觀蕭蕭從「他者」立場所呈現的詩作，可見蕭蕭擅用移情、移識的方式想像「他者」的片段經驗，並用文字加以誇張化、隱喻化地呈現出來。吳俊業說：「『他人』就如其餘一切我所經驗的對象一樣，其同一性與其意義皆並非一開始便是既成既予之物，而是逐步隨著相關經驗之開展而構成的；這個構造歷程涉及雜多元素——包括在時間空間界域中種種已現與未現的顯相，也包括各種肉身的運動與表達，以及各種高層次的記號與語言交流等——之綜合，而在其中進行穿針引線的工作，策動經驗順次開展的，胡塞爾認為就是主體的意向性[35]。」也就是說，對「他者」的體驗與相關經驗之形成，是隨著逐步經驗所經驗到的，這個經驗包含時間空間的因素，也包含身體的運動與表達、語言意義的交流，而本書從「他者」的空間與行動相關的隱喻，看見蕭蕭詩中對於「他者」的顯現以及其生命的普遍意涵，都能夠有更深刻的闡發。

---

[35] 吳俊業：〈胡塞爾與他者問題——基本規模的闡釋與初步定位〉，《哲學與文化》，2009 年 4 月 419 期，頁 75。

結語

　　本書從「空間與行動」的角度來分析蕭蕭《毫末天地》中人物所呈現的空間感，以主體區分出「自我的空間行動」、「自我與他者的空間行動」以及「他者的空間行動」。其中，以「自我的空間行動」所開展出來的主體與空間的意涵最為純粹，透過自我空間行動的敘述，塑造出主體意識到的空間感與對空間的意義給予[36]，而「自我與他者的空間行動」則從另一方面凸顯出主體際間的空間情感、場域位置[37]。我們在看蕭蕭於《毫末天地》中表述「他者」空間行動的作品，透過移情、移識將「他者」的片段呈現出來，由於純粹對於「他者」空間行動的想像，無法深刻表現主體際性或自我意識

---

[36] 關於「意義給予」，是現象學對意識的意向活動的闡釋，認為意向主體對意向對象的意向活動是主體將意義給予客體。可參考黑德爾著〈導言〉收錄於胡塞爾著，倪梁康、張廷國譯：《生活世界現象學》（上海：譯文出版，2002 年 6 月），頁 10。

[37] 鄭金川說：「世界有許多的場域，而這個世界本身即是一個眾場域之境域，而任何場域，皆是空間性的一部份。」，人以「身體」行動的空間佔有場域的位置，並藉由行動展現自我，主體際也在場域空間的移動中形成，而主體際間的場域關係也決定了其親疏貴卑等種種關係。參見鄭金川：〈梅洛·龐蒂論身體與空間性〉收錄於《當代》，第 35 期，1989 年 3 月，頁 39。

為主的意向活動與意義詮釋，因此蕭蕭詩作轉向從「他者空間行動」
到普遍生活、生命現象與意涵的呈現。

正如史作檉說：「人的存在，決非一單純之空間之物。假如說，
人是一切知識之可能基礎的話，那麼人的存在，即以其涉及『存在』
或『時間』，並介於存在與知識之間，而成為存在自體與一切展現
可能之中心的象徵物[38]。」人並不是只有單純用身體佔有空間，「人
是一切知識之可能基礎」，其存在並涉及了「存在」與「時間」的
意涵，在空間中的身體「行動」，就是人透過身體展現其意識與情
感的表現，證明其不止於空間中佔有，而更是一種「存在」、在時
間流中存在的生命現象。蕭蕭在其詩集《毫末天地》中，是透過對
自我與他者人物的書寫，對我們展示了「空間與行動」的生命與存
有的意識開展，使我們看見身體與意識在空間中的複雜、多元的現
象，也看見使我們看見蕭蕭他將深層觀察與體會融入到簡短詩作中
的創作功力。

發表於「蕭蕭文學創作國際學術研討會」

---

[38] 史作檉：《空間與時間》（新竹：仰哲，1984 年 10 月），頁 141。

愛與主體的澄明：

林婉瑜《索愛練習》中的意識呈現

摘要

詩人林婉瑜曾獲林榮三文學獎、時報文學獎和優秀青年詩人等獎項，她的詩作歷來備受肯定，而林婉瑜《索愛練習》這本詩集中，有許多詩作皆以「愛」為主題，在自我與他者的主體際間作為自我主體意識的澄明，本書以初步的現象學方法，從《索愛練習》中作品進行意識批評，希望透過現象學的「直觀闡明的、確定著意義和區分著意義的。」使林婉瑜《索愛練習》中所呈現愛、主體與主體際間的關係得以澄明。

前言

　　詩人林婉瑜曾獲林榮三文學獎、時報文學獎和優秀青年詩人等
獎項，她的詩作歷來備受肯定，瘂弦曾指出她的作品：「她創發了
很多新的技巧，一種只見性情不見技巧的技巧，是技巧的隱藏而不
是技巧的顯露。詩中的虛與實，用心與不用心，都經過辯證統一的
設計……[1]。」瘂弦進一步指出：「林婉瑜的詩有自敘傳的色彩[2]。」
換言之，林婉瑜擅長透過詩語言的技巧呈現她自己，將其自我意識
透過詩的道說彰顯出來，她的詩作真實而且充滿感情，表現出主體
在生活的感情世界中的存有，正如羅智成說：「林婉瑜較接近生活，
和客觀世界，她的感情也保有較多人性的，而非觀念性的意涵。林
婉瑜的作品，素質十分整齊、篇篇都是佳作，並都隱藏著創作的驚
喜[3]。」林婉瑜的詩充分顯示其意識中的情感敘述，透過情感的澄
明而確定自我的存有。而林婉瑜《索愛練習》這本詩集中，有許多

---

[1]　瘂弦：序〈青春的反顧——林婉瑜作品賞讀〉，林婉瑜：《剛剛發生的事》
　　（台北：洪範，2007 年），頁 10-11。

[2]　同前註，頁 28。

[3]　羅智誠：〈推薦語〉，林婉瑜：《索愛練習》（台北：爾雅，2001 年），序頁
　　1-2。

詩作皆以「愛」為主題，在自我與他者的主體際間作為自我主體意識的澄明[4]，而這些作品也是林婉瑜在以「索愛練習」為書名的詩集中，意欲書寫呈現的自我意識，本書以初步的現象學方法，從《索愛練習》中作品進行意識批評[5]，希望透過現象學的「直觀闡明的、確定著意義和區分著意義的[6]。」使林婉瑜《索愛練習》中所呈現愛、主體與主體際間的關係得以澄明。

---

[4] 所謂「他者」，是指自我以外的對象，是一個「異己」的自我相對概念。可參考游美惠：〈他者／異己〉《性別平等教育季刊》，第 38 期（2006 年 12 月），頁 80。

[5] 受到現象學影響的意識批評以「日內瓦學派」的學者為主，他們的主要態度是「文學為意識的經驗」、「意識批評是作者的經驗傳達於作品文本的批評，也是創作時作者之主動意識（active consciousness）的批評」。可參見蔡美麗：《胡塞爾》（台北：東大圖書，2007 年），頁 180。拉瓦爾：〈「意識批評家」導論〉，拉瓦爾（Sarah N. Lawall）、馬伯樂（Robert R. Magliola）著：《意識批評家：日內瓦學派文學批評導論》（台北：金楓，1987 年），頁 11-14。

[6] 胡塞爾：〈現象學的觀念〉，倪梁康編譯：《胡塞爾選集（上）》（上海：上海三聯書店，1997 年），頁 67。

主體際性的愛情表達

　　胡塞爾說：「人的全部生活都是交往的，即使當人的生活是獨
自經驗和獨白時，它也具有關於它的經驗的被給予之物和認識的被
給予之物的意義，這種意義暗示可能被他人接受，暗示可被他人贊
同，最後暗示可能被他人有洞察力地證實[7]。」這句話說明人在生
活中是時時刻刻與他人共在，即使是個人獨處或獨白的時候，其獨
處或獨白的經驗意識也將可能為他人所經驗到，胡塞爾更以「互為
主體」的概念來闡述人際間的生活相處，並不是如物我一般的關
係，而是主體與主體的關係[8]。依胡塞爾的說法，人必然是與他者
共在的動物，人時時將情感意識投射在他者身上，正如哈維·弗格
森（Harvie Ferguson）所說：「意識在感覺之中，實際上是在每一
感覺飛逝的轉瞬間，負載著互為主體實在的標誌[9]。」意識隨時負

---

[7]　胡塞爾著，王炳文譯：《第一哲學》（下），（北京：商務印書館，2006年），
　　頁532。

[8]　可參見倪梁康對於胡塞爾「互為主體」的解釋。見倪梁康：《現象學及其效
　　應：胡塞爾與當代德國哲學》，（北京：三聯，1994年），頁141。

[9]　弗格森（Harvie Ferguson）著，陶嘉代譯：《現象學的社會意味》（臺北：韋
　　伯文化，2009年），頁129。

載著與他人互為主體的意義，與其說是與他者「互為主體」的關懷，
不如說是從他者出發，認識異化、疏離的自我生命與意識的投射，
是一種從自我向他者出發的情感動力，如林婉瑜〈出發〉這首詩：

> 每天每天
> 星群從西邊隱沒
> 河流朝海洋出發
>
> 我也願意
> 服從時間的流變
> 一再一再
> 向你出發[10]

瘂弦指出林婉瑜「通過創作實踐，她發現『篇幅短小』不是小詩唯
一的特徵，作為小詩屬性的內在結構才是小詩更重要的特徵[11]。」
在這首〈出發〉的小詩中，前後兩段，前段用星群和河流的象徵作
為「我」和「你」主體際關係的呈現，同時星群和河流的特定方向
性也隱喻時間的流動，故前段作為後段的隱喻，帶出詩中「我」在
時間的綿延中趨向「你」的主體際關係。然而，我們在這首詩看到

---

10 林婉瑜：〈出發〉，《索愛練習》（台北：爾雅，2001 年），頁 44。
11 同註 1。

詩中「我」的告白是如星群向西方、河流像海洋，「我也願意……向你出發」，表現出「我」對「你」關係結構間的情感驅力，正如勞承萬所說：「情感的本性就是力求表現出來，但是，它不直接表現為動作，而是表現在肌肉上、外周上或心靈上[12]。」林婉瑜將情感外化為詩，透過詩中「我」的心靈以及象徵、隱喻，在「我」和「你」的主體際關係上，呈現「我」意識到、並將自我朝「你」出發，趨向情感對象的一種情感動力。

　　而這種情感動力並如勞承萬所說，不一定會直接表現為動作，有時是一種意識，一種渴望理解、認知對方的意識，如〈我只是想知道〉：

> 我只是想知道
> 你的城市是否和我的一樣
> 有四分之三的風雪
> 和四分之一的雨水
>
> 也許從來沒有
> 一句屬於我們的發語詞
> 我捺下一枚紅色指紋

---

[12] 勞承萬：《審美中介論》（上海：上海文藝出版社，2001年），頁433。

不斷在明天

收到今天的退件

沒有一條通往你住址的道路[13]

這首詩表明了詩中「我」對於「你」的意識投射，而意識的投射也
是情感的展現。朱光潛說：「情致就是對某一種思想的熱烈的體會
和鍾情[14]。」詩中「我」將思想投射在你，甚至於「你的城市」，「你
的城市」是詩中「你」的空間位置，在此詩中「城市」表示自我與
他者的位置，是空間作為主體認同的基處，是空間的人化，詩中「我」
的意識藉由想知道象徵兩者的城市「空間」是否氣候一樣，來證實
兩人的共在同一，正如舍勒所說：

我們始終感覺愛同時是原—行為，通過它，一個在者離開自
己（但仍然是這個有限的在者），以便作為意向性之在者（ens
intentionale）分有並參與另一在者之在，使二者不會以任何
方式成為彼此分離的實在部分[15]。

---

[13] 同註 10，〈我只是想知道〉，頁 37。

[14] 朱光潛：《現實主義美學》，（台北：金楓，1987 年），頁 125。

[15] 舍勒著，林克等譯：〈愛的秩序〉，《愛的秩序》（北京：三聯書店，1995 年），
頁 47。

「愛」的情感行為，在現象學來說，是一種意向行為，而且是在主體際間參與「另一在者之在」，使兩者能在意識情感上達到同一，不會在情感意識上有所分離。然〈我只是想知道〉這首詩表述了一種現實的情境，以不同「城市」的空間象徵作為詩中「我」和「你」因空間位置的隔絕，進一步闡述兩人之間的語言、意識隔絕：「也許從來沒有／一句屬於我們的發語詞」、「不斷在明天／收到今天的退件」，表述語言或文字都無法作為兩者情感上同一的功能，而末段單獨一句：「沒有一條通往你住址的道路」，在形式上更顯出「我」和「你」的孤單感受。而末段此語也以兩人空間差異、隔絕來象徵兩人情感的隔絕。綜觀此詩，林婉瑜用城市空間象徵兩人位置的差異性，對天氣的疑問則顯示出詩中「我」渴望能參與「另一在者之在」的心情，語言、信件的隔絕，象徵愛情的隔絕，也表述愛情中兩人的主體差異，林婉瑜巧妙地將詩中簡單的事物都賦予了主體際間情愛關係與傳達的意涵。

　　林婉瑜〈出發〉、〈我只是想知道〉這兩首詩都表現出詩中「我」和戀人「你」原是兩個具有空間位置差異的主體，在〈出發〉中，詩中「我」以「出發」的活動象徵在愛情中從「我」出發與他者同一的意識活動，而〈我只是想知道〉更具體地以城市空間象徵兩人位置的差異，表述出愛情中被差異隔絕的意識感受。

愛與意識：主體際的身體徵象呈現

上一小節所論述的只是從「自我」到「他者」主體際間最基始的情感意識，以身體作為主體在世的基礎，除了對自我主體的明證外，身體也作為自我對他者意識感知的出發點，是對於愛情意識活動的主體，正如龔卓軍說：「由於我們的身體總是感覺著自身，總是當下地「在此」向我給出，因而我的身體成了理解他人的一個軸心參考空間。這個可運動、保持對自身感受、對外在空間感受的軸心參考空間，是我們對「他者」想像的出發點[16]。」身體是一感官的起點，將「知覺和事物本身顯現出來[17]」，身體也是一個可以理解他人的軸心參考空間，他人的身體也作為他者主體的示現，因此在兩人間的愛情意識交流中，身體是呈現主體際間愛情的重要徵象。林婉瑜注意到身體徵象對於愛情呈現的關鍵因素，並從多方面來進行表述，透過詩語言呈現愛與身體的關聯，例如〈整夜跳舞〉：

---

[16] 龔卓軍：〈身體感：胡塞爾對身體的形構分析〉，《應用心理研究》，第 29 期（2006 年 3 月），頁 172。

[17] 參見梅洛龐蒂著，羅國祥譯：〈反思與探究〉，《可見的與不可見的》（北京：商務印書館，2008 年），頁 142。

　　　天亮以前

　　　沒有光線

　　　足以記憶你的臉

　　　但是心愛

　　　心愛的人別離開

　　　抱我　親我和以前一樣

　　　你的溫度是世界撫摸我的方式

　　　你的耳垂很好看

　　　為我打開啤酒瓶蓋

　　　孤獨使人難堪

　　　夜晚　還有一半沒有用完[18]

瘂弦指出林婉瑜的詩相當口語，他說：「林婉瑜以口語入詩，也可以看作是為文本的開放創造條件[19]。」然而這樣口語的程度創造一種清新自然的詩風，不以文字堆砌技巧炫技，而在平近自然中貼近自然生活中意識的表述。在此，意識的表述就是詩中「我」對於自我愛情意識的傳訴。此詩先言：「沒有光線／足以記憶你的臉」，用「你的臉」委婉地代替了「你」這他者的主體，而詩中「我」如此

18　同註10，〈整夜跳舞〉，頁49-50。
19　同註1，頁8。

慎重地看待「記憶」你的臉的事實，曹偉星說：「感受主體的感受思維的本體就是感受的記憶表象[20]。」記憶是源自於感受思維的意識，在感受思維中可供對被記憶對象進行想像的理解，或者進行重複[21]。在此詩中，對他者的記憶顯示出詩中「我」對於「你」這一他者的心愛與重視，而他們在詩中當下的愛情是透過身體的接觸來證實的，故詩中言：「心愛／心愛的人別離開／抱我　親我和以前一樣」，身體對於主體際間的愛情具有一種明證性，雖然可能摻雜著情慾的成份，如巴赫金所說：「從性的角度看，我和他人的軀體融合而成唯一體，但這一整體只能是內在的整體[22]。」身體際間的擁抱、親是一種達到巴赫金所言「軀體融合」的方式。然而，正如巴赫金所說，這融合成一整體只是象徵精神上內在的整體，在愛情意識上得到同一，澄明了主體際間的愛情，而「你的溫度是世界撫摸我的方式」是這首詩中最深情的句子，世界是作為眾生存在的空間，林婉瑜在詩中將「你」意識為「世界」，間接表現出詩中「我」是因為「你」的存有而存有的思想，然而在如此具有象徵意義且深情的句子後面接了「你的耳垂很好看」這樣口語淺白的句子，更顯

---

[20] 曹偉星：《論感受——感受學原理》（上海：上海三聯，2010 年），頁 255。

[21] 可參見柏格森（Bergson, H.）著、肖聿譯：《材料與記憶》（北京：華夏，1999 年），頁 66。

[22] 巴赫金著，錢中文主編：《巴赫金全集（第一卷）》（山東：河北教育出版社，1998 年），頁 148。

出詩中「我」的真摯情感以及深情告白後的不知所措，而從「你」
的身體細節繼續去表現自我的情感。

　　〈動物排練〉這首詩則透過扮演動物，以動物的身體和習性來
呈現主體際間的愛情意識：

　　　　吃完鱈魚便當

　　　　就得上工

　　　　不喝養樂多

　　　　甜蜜的滋味稍嫌做作

　　　　燈光是夏天的燈光　　太熱

　　　　又太亮

　　　　我們披上獸皮

　　　　戴上小熊面具

　　　　被工作人員踢下來

　　　〔第 4 景：他們在滂沱大雨中傾訴彼此的遷移史

　　　　　　　　因而產生愛情〕

　　　　被踢下來

　　　　在山坡的花草佈景上面

　　　　狠狠地相愛

後後配樂響起

————

如果你要與我定情

送我一尾鱒魚

我從上游的地方來

穿著你給的毛皮大衣

如果你要與我定情

送我一尾鱒魚

揮舞爪子

對我示愛

用有倒鉤的舌尖親吻

對我示愛[23]

這首詩首段以「不喝養樂多／甜蜜的滋味稍嫌做作」襯托詩中「我」或「我們」的愛情是一種率直不做作的情感，此詩用扮演「小熊」的形象，以動物自然的身體形象呈現愛情率真自然的樣貌，並且用「送我一尾鱒魚」、「揮動爪子」等動物習性的象徵來呈現愛情意識交流的自然天性。綜觀此詩，以「動物排練」為名，本質上就是透

---

[23] 同註10，〈整夜跳舞〉，頁54-56。

過動物的身體形象對讀者示演主體際間愛情意識交流，這愛情意識
的呈現應該是率真、不做作的自然態度，林婉瑜透過「扮演動物」
的身體形象對讀者演繹了其愛情美學。在〈給你〉這首詩中，林婉
瑜更強烈地表現出主體際間身體的愛情意識：

> 給你我的耳朵
>
> 讓你俯聽音樂
>
> 給你我的視覺
>
> 讓你找到光
>
> 給你我的嘴唇
>
> 讓你仔細啃噬
>
> 給你我貞操帶的鑰匙
>
> 讓你把它投入河中
>
> 給你這些
>
> 給你那些
>
> 最後我變得太輕
>
> 被風吹起
>
> 再緩緩地墜毀[24]

---

[24] 同註10，〈給你〉，頁101-102。

正如胡塞爾所說：「他人的主觀性是在我自己的進行自身經驗的生活之領域中，就是說，是在進行自身經驗的移情作用中，間接地，而不是原初地被給予我的，但確實被給予了，而且被經驗到了[25]。」與他人的交流認識是透過經驗的移情，而愛情在主體際間的意識投射，是一極端的移情，將自我主體情感移情到他人身上，林婉瑜用「身體」象徵的轉移具體地表述「移情」的經驗意識，而這種極端的移情也象徵了失去自我，因此末段言因為給出這些、那些「最後我變得太輕／被風吹起／再緩緩地墜毀」象徵詩中「我」因為愛情的極端移情與付出而最終失去主體自我，表現林婉瑜對於愛情的洞悉，這也是她對於愛情現象的一種焦慮表示。

在以身體形象表現主體際間愛情意識的詩作中，〈午後書店告白〉是一首相當特殊的詩作，它以書的形體與內容來象徵主體自我，用書的徵象來向詩中的「你」告白：

> 穿粉紅色圓點襯衫的那男人頻頻看我
>
> 我怎麼可能愛他呢怎麼可能
>
> 我不喜歡以為自己是草莓的人

---

[25] 同註7，頁246。

我們從「生活餘暇」走到「戲劇舞臺劇」

從「時尚」走到「中國古典」

櫸木地板上的格線一向被忽略

沿著格子前進

你在 47

我在 18

被擁擠切分的人生

我們各據兩岸

還要這樣眺望多久呢

翻閱我

我已閒置得太久

我答應不做艱澀拗口的辭海之類

漫畫或筆記書好了

塗鴉比較多的話

讀者也輕鬆

左邊的少女禮儀須知　右邊的育嬰寶鑑

都時常被抽走

翻閱我

即使我是熱帶魚飼育手冊　河豚食譜

我是你人生不可缺的營養
即使微量
你舉起杓子敲打：牛肉
牛肉在哪裡牛肉
呼叫牛肉

天空下雨　我被雨水滴傷了
你願意和我一起寂寞嗎
我是說，剩下的半輩子
拿你的寂寞
陪伴我的

終其一生我不過是在期待一個瞭解
為此我提供各種途徑竟然還寫詩
如果你願意
就從「戲劇舞臺劇」那一櫃過來吧
我的寂寞驅使我同意
你就迫降在這裡[26]

---

[26] 同註 10，〈午後書店告白〉，頁 38-41。

朱光潛說：「在移情作用中，人情和物理打成一片，物的形象變成人的情趣的返照[27]。」這首〈午後書店告白〉正是詩人對書店書本的移情，將書的形象轉化為人的意識情趣，作為愛情意識的展現。這首詩特別的地方還在於首段透過否定愛情中「我—你」以外的他者，來證明「我—你」主體際間愛情意識的堅定。在愛情中，追求身體與心靈的同一是愛情的驅力，而主體身體及主體位置的隔絕，往往是愛情中最痛苦的事。林婉瑜在詩中用書與書在不同的書架隱喻這種區隔的痛苦：「你在 47／我在 18／被擁擠切分的人生／我們各據兩岸／還要這樣眺望多久呢？」書苦於無法自主的生命位置，然而人亦在被規定安排好的場域中生活，書本與書本間的距離烘托出人在愛情場中的無奈，趙天儀說：「所謂『距離』，藝術上，是當作一個要因，一個中介者；在美學原理上，是當作一種美感經驗的原理[28]。」在這首詩中，書本的空間「距離」呈現愛情相思的美感經驗，透過距離的間隔，烘托出主體際間孤獨寂寞的氣氛[29]。

---

[27] 朱光潛：〈近代美學與文學批評〉，《談美》（台北：金楓，1991 年），頁 200。

[28] 趙天儀：《美學與語言》（台北：三民，1986 年），頁 50。

[29] 何乏筆指出：「氣氛是一種空間，就是通過物、人或各種環境組合的在場（及其外輻作用）所『薰染』的空間。氣氛本身是某種的在場領域，即氣氛在空間裡的實存。」在這首詩中，林婉瑜透過書店的空間，書本、書架和穿粉紅色圓點衫男人以及位置的安排，烘托出一個充滿愛情意識、愛情寂寞想像的氣氛空間。參見何乏筆：〈氣氛作為新美學的基本概念〉，《當代》第

　　然而，我們從第三段「我答應不做艱澀拗口的辭海之類／漫畫或筆記書好了」可知道此詩並不是單純寫對書本的想像移情，而是透過書本來隱喻人在愛情場中的本質與位置，書本願意為翻閱「我」的對方變化內容，象徵戀人願意為戀愛的對方改變自我，詩中「我」細膩的告白：「我是你人生不可缺的營養」，並進而敘述自我的寂寞而希望能有對方陪伴。詩中「我被雨水滴傷了」顯現出林婉瑜認知在戀愛中，主體容易受傷的本質。林婉瑜解釋對於愛情的追索，主要「不過是在期待一個瞭解」，而希望詩中「你」改變自己的場域位置，以寂寞陪伴自己的寂寞。

　　綜觀此詩，林婉瑜運用書籍內容與形貌、位置的隱喻，隱喻人的主體在空間場域位置中的寂寞感受以及寂寞渴望愛情的意識。而且林婉瑜認為愛情是為了解除生命的寂寞感並期待生命被瞭解的一種感受。

188 期（2003 年 4 月），頁 34-43。

愛與語言：主體意識的確認

　　除了主體際間本身用身體的展現以及位置確認作為「我─你」在愛情結構中意識的開展外，在戀人與戀人間也會用語言作為愛情的確認，確認愛情的存在，同時也確定了自我存有的價值。梅洛龐蒂就說過：「語言能變化和擴大，因為人們想進行身體間的交流：語言具有和身體間交流同樣的力量和方式[30]。」當戀人之間用身體間的交流仍無法確認對方意識時，會用「語言」的符號作為確認，正如舒茲說：「我只能透過象徵性符號而瞭解他人的經驗，不管是身體，或某些被製造出來的文化產物，都是這些經驗的「表達領域」（field of expression）[31]。」在主體際間，人只能透過身體、語言之類的象徵性符號來表達自我與理解他人，語言在愛情意識的理解與呈現過程中，佔有相當重要的地位，語言使對方得以理解自我的意識，也是自我能傳達意識給愛情中的他者，林婉瑜的《索愛練習》也敘述了這樣的現象，如〈間奏〉這首詩：

---

[30] 梅洛龐蒂著，姜志輝譯：《符號》（北京：商務印書館，2005 年），頁 22。

[31] 舒茲（A. Schutz）著，盧嵐蘭譯：《社會世界的現象學》（台北：桂冠，1991 年），頁 118。

兩首曲子的中間

音樂停下來的時候

我想

問你一個私人的問題

（你愛我嗎）

（你愛我嗎）

噓……

沒有回答

後來

狼來了

你停止旋轉

我倦了

我便睡了

不再

有人發問

在我們的囚室

心的房間[32]

---

[32] 同註10，〈午後書店告白〉，頁38-41。

這首詩相當簡潔明瞭，「在兩首曲子的中間／音樂停下來的時候」象徵在生活中煩忙間的片刻，使詩中「我」得以重新省視「我—你」之間的愛情並且透過言語發問，林婉瑜在「問你一個私人的問題」這個陳述對話的句子書寫上相當特別，因為「愛情」原本就是「我—你」之間的事，詢問「你愛我嗎」並非單獨是詩中「你」或「我」私人的問題。在此，有兩種可能，一種是林婉瑜在寫作初期並沒有注意到愛情的主體意識結構而率直的書寫出來，另一種原因可能是林婉瑜特別凸顯詩中「我」對於「你愛我嗎」這個問題的慎重，因此不自覺加上「私人的」之贅語，但也益加增添了詩中口語真摯的一面，但詩中「你」並沒有回答此問題，林婉瑜用詩末幾句形容這心境：

> 我倦了
>
> 我便睡了
>
> 不再
>
> 有人發問
>
> 在我們的囚室
>
> 心的房間

揭示了在戀愛中對愛情忐忑不安的倦怠感，彷彿意識被囚困在「心的房間」那種無法逃脫愛情困境。詩中「我」是渴望透過對方「語

言」而確認愛情，確認自我在對方意識中的存有價值，但因為得不
到確認而顯得疲倦、困頓。

　　〈呈堂證供〉這首詩，同樣意欲用「你愛我嗎」的問句作為愛
情的確認。但相較於〈間奏〉，〈呈堂證供〉把對愛情的不安寫得更
加清晰：

> 那感覺在心中流去的時候
>
> 我也感到害怕
>
> 想守護的信念
>
> 一層層脫掉外衣
>
> 寒冷
>
> 心的脆弱清晰可見
>
> 問題一
>
> 你愛我嗎？
>
> 點頭表示不對，搖頭表示對
>
> 問題二
>
> 你不愛我嗎？
>
> 你有權保持緘默

> 你所說的一切
> 都將作為呈堂證供
>
> 關於不安的空氣不忠的疑點
> 關於被稱作永恆的有關時間的概念
> 被命名愛情的玫瑰
> 所有真純的臉[33]

此詩第一段是詩中「我」對於愛情的質疑，首句「那感覺在心中流去的時候」就是敘說對於愛情感受的不安，林婉瑜用「脫掉外衣」、「寒冷」、「肉的脆弱清晰可見」等身體脆弱的徵象，作為愛情脆弱的隱喻。由於對愛情的脆弱以及不安，使詩中我必須透過語言來確認對方的心意，而且此詩用第二、第三段「你愛我嗎？」、「你不愛我嗎？」反覆地辯證確定對方的心意。

在第二段中，詩中「我」刻意設定了對方回答的方式，要求對方用身體語言來回答，而且帶有心機地以一般常人習慣相反的：「點頭表示不對／搖頭表示對」來作為答案，使詩中「你」能慎重、認真地做出表示。但此處我們看見詩中「我」先設定了「不對」的答案，代表「我」已經對於「你」愛情不安、不忠的預先設想。第三

---

[33] 同註 10，〈午後書店告白〉，頁 38-41。

段更直接設想「你不愛我嗎？」並以「交出武器……作為呈堂證供」
等形式化、嚴肅的語氣質問對方，確切地呈現了詩中「我」內心在
愛情中所意識的不安，因此不斷地反覆用語言作確定，用形式化、
嚴肅的語氣刻意消弭愛情流去時，自我不安、害怕的感受。

　　然而，在主體際間的愛情世界中，不但自我會對愛情對象的「他
者」不安，在時間的綿延變化過程中，主體的愛情意識也會隨之綿
延變化[34]。因此，自我同樣也會對自我感到不安，而對自我以言語
確認、說服，林婉瑜在她的〈Have to〉一詩中，細膩地考慮到這
樣的心情：

> 那是什麼
>
> 我沒搞錯嗎
>
> 你在誘惑我嗎
>
> 不是我想太多吧
>
> 這種事，只有兩個人之間明瞭
>
> 但是啊
>
> 我已經是有愛人的人了

---

[34] 關於時間與意識的「綿延」之討論，可參見柏格森（Bergson, Henri）著，
諾貝爾文學獎全集編譯委員會譯：〈創化論〉，《柏格森》（台北：書華，1981
年），頁42。

這種感覺

是不會被允許的

一天總有許多念頭

如果全部都去實踐

人生會混亂成一團

所以　就這樣吧

假裝什麼都不知道好了

不約而同穿了情侶裝

也用外套遮起來好了

爭論劇本的時候你維護我

好像也只是立場一致而已

「已經是有愛人的人了」

像佛號一樣

在心裡默唸一百次

有的時候啊

必須這樣說服自己

人生才能順利地排練下去[35]

---

[35] 同註 10，〈Have to〉，頁 51-53。

這首詩用相當口語的語言，表述詩中自我對於第三者誘惑的愛情意識，詩中不斷對自我說話來確認自我愛情的堅定，這種對自己說話的敘述方式，就是李翠瑛所說的「割裂自我」，李翠英說：「割裂自我更在於說明『重組自我』的意義，割裂肉體才會見到靈魂的重新組合，心理的完整才是真正的完整。而在自我的對話之中，融合矛盾與衝突，渴望和諧與圓融的生命形態，在詩人的一個又一個問號之中，似乎看到這種期待[36]。」林婉瑜此詩也是透過割裂自我的方式來進行表述，透過自我的獨白，在愛情意識的矛盾中「重組自我」，融合詩中對愛情堅定與誘惑的矛盾，最終得到「必須這樣說服自己」的信念。

這首詩首先述及了在主體際中意識到愛情對象以外的他人之誘惑，詩中「我」口語直率地呈現對這樣誘惑的反應。林婉瑜將這種複雜矛盾的愛情意識寫得相當細緻，用具體的事例來呈現對愛情誘惑的維護：

> 不約而同穿了情侶裝
>
> 也用外套遮起來好了

---

[36] 李翠瑛：〈割裂的自我〉，《雪的聲音：臺灣新詩理論》（台北：萬卷樓，2007年），頁34。

> 爭論劇本的時候你維護我
>
> 好像也只是立場一致而已

可見詩中「我」並不反對這樣的愛情誘惑，僅是小心翼翼地將其真相隱藏、遮蔽起來，然而詩中「我」知道這只是一種自圓其說的「說服」，就像佛號一樣「已經是有愛人的人了」，詩中自我用這樣的語言不斷說服自己，正如哈洛・卜倫：「如今我們每一個人不時都在和自己說話，竊聞自己所說的，然後加以思量，並就我們所學到的發為行動[37]。」在自我對話的過程中，同樣也可以是自我對自我的意識確認、思考與籌劃行動。林婉瑜在此詩中肯定了自我對話對於愛情意識與愛情活動的認知過程，並使詩中人透過類似「已經是有愛人的人了」這樣的語言，不斷說服自我對於愛情的堅定，充分顯示愛情意識在誘惑與矛盾當中的一種奇妙心理。

---

[37] 卜倫（Harold Bloom）著，高志仁譯：《西方正典》（台北：立緒文化，1998年），頁66-67。

結語：愛情與意識的多重確認

　　林婉瑜在《索愛練習》中對於愛情主題的書寫相當準確而且細微，本書以主體、主體際及意識角度來分析林婉瑜此詩集中的愛情書寫。本書將林婉瑜於《索愛練習》的愛情主題詩作區分為三個部分，第一個部分由主體際間的位置來澄明彼此的距離及愛情意識的開展，距離和位置作為兩主體間的隔絕，是使愛情意識活動更加鮮明的中介，而追求主體意識、身體與位置的同一是愛情意識最根源的驅力，因此我們看見林婉瑜〈出發〉、〈我只是想知道〉都表現出這樣的愛情意識活動。除了在意識上追求主體際的同一外，身體的位置、樣貌與象徵也是主體際間呈現愛情的重要確認，林婉瑜從戀愛中最基本的身體活動「親」、「抱」到運用動物的身體形象、書本的形式內容來呈現主體在戀愛中的展現，而〈給你〉這首詩，不斷地述說將自己的身體部位給予對方，有企圖地以詩的象徵語言，呈現詩中人意欲追求身體的同一，以證明愛情的存有，更是一首愛情意識相當濃烈的情詩。除了用身體形式表現主體際間的愛情外，語言的再確認也是愛情表現與確認的一種方式，正如王川岳說：「將語言等同於思想的對應物，因為說話是對思想的

表達[38]。」當主體意識到愛情的誘惑、不安，或者只是為了堅定愛情的信念，這種思想可付諸語言，對於自我或愛情中的他者而得確認，唐清濤也指出：「存在並不能直接表達自身，它必須通過我們，通過我們的言語，通過我們的經驗才能表達自身，使自己顯現[39]。」主體間的愛情意識如何能夠對愛情中的他者（這個愛情對象或非愛情對象）作確認？或對自我主體的心意確認？就是通過經驗的語言表達自身，使愛情意識與愛情主體（愛情意識的對象）能得到澄明，而且因為關於愛情意識及含義本身是雜多性的統一[40]，同樣每個人在其意識聯繫中也都具有其雜多性和統一性[41]，那麼愛情意識如何在主體或主體際間呈現其雜多或統一的明見性呢？林婉瑜在其詩集《索愛練習》表述了她對於愛情意識與愛情現象的陳述，在主體

---

[38] 王川岳：《現象學與解釋學文論》（山東：山東教育出版社，2001 年），頁 94。

[39] 唐清濤：《衝破沉默的歷程——梅洛—龐蒂表達思想研究》（復旦大學外國哲學博士論文，2005 年），頁 125。

[40] 關於「含義」的雜多性之討論，胡塞爾認為「含義」只是相對於各種可能行為之雜多性而言的觀念統一性。也就是不全然具有單一的概念，無法只是單純片面的意向到。詳情可參見胡塞爾著，倪梁康譯：《邏輯研究·第二卷，第一部份 現象學與認識論研究》（台北：時報文化，1999 年），頁 77。

[41] 可參見胡塞爾著：〈現象學與認識論（1917 年）〉，奈農、塞普編，倪梁康譯：《文章與演講》（胡塞爾文集）（北京：人民出版社，2009 年 5 月），頁 185。

意識、主體際間的身體和語言表述的過程中，我們最終看見了愛與
主體如何在詩的道說中澄明出來[42]。

發表於「國立中正大學第四十屆

中區中文研究所碩博士生論文研討會」

---

[42] 關於詩與思的道說，可參見海德格著，孫周思興譯：《走向語言之途》（台北：
時報，1993 年），頁 172。

身體與表述：
白靈《愛與死的間隙》中的存有見證

摘要

　　梅洛龐蒂說：「從某個意義上說，世界只是我的身體的延伸。[1]」也就是說「自我」總是透過身體去認識這個世界、去表述這個世界，並藉此澄明自身的存有。白靈的詩集《愛與死的間隙》全書隱然以生命、身體為主軸，有系統地貫穿生、死與愛幾個主題，因此本書即欲以白靈《愛與死的間隙》這本詩集，分成「時間、生活、愛、死亡」等幾個子題來討論詩人在詩作中如何透過身體的表述，確定自我存有的澄明，為存有在生命中找定位。

---

[1]　梅洛龐蒂（Maurice Merleau-Ponty），《可見的與不可見的》（*Le visible et l'invisible*），羅國祥譯（北京：商務印書館，2008），頁 75。

前言：身體在愛與死之間的存有

　　梅洛龐蒂說：「從某個意義上說，世界只是我的身體的延伸。[2]」也就是說「自我」是透過身體去認識這個世界，故世界只是奠基於我的身體所延伸出去的空間，梅洛龐蒂進而指出：「我的身體應首先為我規定向著世界的觀看位置[3]。」人在世界存有，首先是身體對他者、它物的體驗，因此米・杜夫海納說：「軀體通過把自身向諸物開放並溢流到諸物之中，從而與諸物體持一種基本關係[4]。」我們是透過身體去體驗在世的存有，使人的身體具有身體性而在空間中「奠定根基」[5]。因此梅洛龐蒂的主張，人類所有的體驗行為、意向行為在本質上都是身體意向活動，也就是說人類所有的意向行為都是從身體出發[6]。既然人類的意向行為是奠基於身體，在人類

---

[2]　梅洛龐蒂，頁 75。

[3]　梅洛龐蒂，頁 127。

[4]　杜夫海納（Mikel Dufrenne），《審美經驗現象學》（*Phénoménologie de l'expérience esthétique*），韓樹站譯（北京：文化藝術，1996），頁 280。

[5]　海德格（Martin Heidegger），《存在與時間》（*Sein und Zeit*），王慶節、陳嘉映譯（臺北：桂冠，1994），頁 81。

[6]　關於意向活動可參照胡塞爾〈現象學的觀念〉收錄於《胡塞爾選集（上）》，

的表述活動中，理應會注重身體的表徵。實則不然，因為詩的意象敘述通常用視覺性的意向表述來推展[7]，而視覺對於身體感只是參與了身體觸覺與動覺的基本定位系統[8]，因此以視覺為主的詩創作並不特意在身體的表述，然而由於身體是所有意向行為的「根基」，身體總在詩作的表述中時隱時現並見證著主體的存有。

　　但有些臺灣詩人特別重視身體的主體性，鄭慧如就指出臺灣身體詩的創作在很早的時候就開始了，她說：「在一九五〇到一九七〇年代之間，臺灣新詩就已經以身體為著意的寫作對象；而一九七〇年代臺灣新詩的身體觀中，也已經在性別建構和公私領域裡開創出新議題[9]。」鄭慧如又說：「一九七〇年代臺灣新詩中的身體即以三種面貌呈現，展示的身體、習慣的身體與隱喻的身體[10]。」而鄭氏在此所區分的「展示的身體、習慣的身體與隱喻的身體」在本質上就是對身體存有現象的表述，只是從不同的感知角度去進行表

倪梁康編譯（上海：上海三聯書局，1997），頁 64。

[7]　簡政珍，《臺灣現代詩美學》，（臺北：揚智，2004），頁 341。

[8]　龔卓軍，〈身體想像的辯證：尼采，胡塞爾，梅洛龐蒂（五）第四章：身體想像與他者／胡塞爾之二〉《文明探索叢刊》，32（2003），頁 132。

[9]　鄭慧如，〈從踐形到支離──1980 年代台灣新詩中的身體觀〉《臺灣史料研究》，23（2004），頁 45。

[10]　鄭慧如，〈一九七〇年代台灣新詩中的身體觀〉《逢甲中文學報》，4（2002），頁 47。

述，使之產生新的面貌，但其間仍可見證其連續性、統一性[11]，可從中發現透過身體現象的表述是詩人亟欲澄明自身的存有。

而由於白靈的詩簡入深出，意象清晰，饒富內涵[12]，論者能較為深刻地對其身體意象進行解析，且白靈的語言精準具一致性的語言系統，能較為全面且準確地理解其所意識到及表述的身體徵象[13]，而不會有一時興起突來的特殊敘述，適合作為身體詩論述整體觀照的文本，且對於白靈詩作的討論歷來文本極多[14]，除證明白靈的詩

---

[11] 關於對同一事物不同感知角度的討論，可見胡塞爾，〈感知中的自身給予〉收錄於《胡塞爾選集（下）》，倪梁康編譯（上海：上海三聯書局，1997），頁 699。

[12] 參見黑俠，〈捕捉山茶與海洋的白靈意象〉《創世紀》，159（2009）：64。

[13] 林燿德就指出：「白靈已經理解到詩是一種特殊的語言系統，當生活經驗被詩人掌握住時，詩人腦中所浮現的是一般語言組合而成的概念，此時唯有藉想像力與素材的結合，再傳譯成詩的語言，而這詩語系統是充滿著動能與變化潛力的，新的語彙組合、語意構成乃至形成的突穿、創想，都不斷納入這個不穩定而且日益成長的系統中。」林燿德，〈鐘乳石下的魔術師：簡介白靈的詩觀與詩作〉《文藝月刊》，196（1985），頁 44。

[14] 如羅青，〈溫柔敦厚唱新聲──評介白靈的白話詩集〈後裔〉〉《書評書目》，73（1979）：39-47。蕭蕭，〈白靈大夢──讀《給夢一把梯子》〉《文訊》，45（1989）：83-84。初安民，〈誰能給我們一把夢的梯子──評白靈的《給夢一把梯子》〉《聯合文學》，57（1989）：193-94。張春榮，〈生動與隱微──讀白靈〈妖怪的本事〉〉《中央月刊文訊別冊》，149（1989）：19-20。萬登學，〈寄寓深遠　詩思深邃──淺論白靈短詩〉《臺灣詩學季刊》，26（1990）：112-15。黃硯，〈詩心慧眼──白靈的夢境與現實〉《卓越雜誌》，186（1990）：170-74。張默主持，林峻楓紀錄，〈平面詩和網路詩的趨勢

在學術上具有討論的價值外，這些資料也可供提供本書討論時的佐證，白靈詩集《愛與死的間隙》全書隱然以生命、身體為主軸，有系統地貫穿生、死與愛幾個主題，因此本書即欲以白靈《愛與死的

——辛鬱 VS 白靈〉《創世紀詩雜誌》，123（1990）：12-23。樵夫，〈用另一隻眼睛讀白靈的「天機」〉《臺灣詩學季刊》，31（1990）：214-216。杜十三，〈白靈詩作的時間性、空間性與人間性〉《臺灣詩學季刊》，31（1990）：198-205。洪淑苓，〈拉著天空奔跑——《白靈·世紀詩選》評介〉《文訊》178（1990）：23-24。吳當，〈「拜訪新詩」耕耘與領航——讀「白靈世紀詩選」〉《明道文藝》，305（1991）：104-109。解昆樺，〈一趟文學記憶的逆旅——白靈和他的詩生活〉《文訊》，230（2004）：136-41。張春榮，〈始於喜悅，終於創思——評白靈《一首詩的玩法》〉，230（2004）：16-17。簡政珍，〈跳脫而控制的詩想——評白靈詩集《愛與死的間隙》〉《文訊》，233（2005）：32-34。張期達，〈不相稱的美學初探——以白靈「愛與死的間隙」為例〉《臺灣詩學學刊》，5（2005）：229-242。蔡鈺鑫，〈醉在金門的命運裡——白靈「金門高粱」賞析〉《金門文藝》，26（2008）：56-58。洛夫，〈白靈的小詩泛談〉《創世紀》，159（2009）：51-52。李瑞騰，〈不是好詩不可能入選〉《創世紀》，159（2009，6）：52-54。何金蘭，〈在「生／死」「左／右」的夾角「入／出」「游／游」〉《創世紀》，159（2009）：54-57。碧果，〈時間在存有中言說〉《創世紀》，159（2009）：57-58。孟樊，〈舌尖舔到刺刀——讀白靈的〈金門高粱〉〉《創世紀》，159（2009）：58-60。辛鬱，〈從「真」到「妙」談白靈詩〉《創世紀》，159（2009）：60-61。落蒂，〈語言鮮活，意象深刻〉《創世紀》，159（2009）：61-62。汪啟疆，〈誠實的認知〉《創世紀》，159（2009）：62-63。黑俠，〈捕捉山茶與海洋的白靈意象〉《創世紀》，159（2009）：64。龍青，〈一盞茶的時間〉《創世紀》，159（2009）：65。謝三進，〈詩與電影的科幻想像——讀白靈〈綠色家鄉〉〉《乾坤詩刊》，54（2010）：129-33。石天河，〈神韻、靈思、血族情——讀《白靈詩選》札記〉《葡萄園詩刊》，186（2010）：45-54。

間隙》這本詩集分成幾個子題，來討論詩人在詩作中如何透過身體的表述確定自我存有的澄明，為存有在生命中找定位。

身體在時間中的綿延

　　身體扮演著知覺及動作主體的角色，世界也因它而呈現為具有方向向度的世界[15]，因此認識身體是體驗客觀時空世界最基本的方式。然而時間意識是最基本的意識形式，所有其他的意識結構和形式都以它為前提[16]，因此當吾人在體察自我的身體時，最先意識到的常是身體的時間性，對身體存有的最初理解，也就是對自我在時間流中存有的確認。如白靈〈對鏡〉這首詩當中，白靈意識到自我身體的時間性，並從自我的身體延伸出對時間、歷史的表述：

　　昨夜無眠的臉

　　發現今晨的鏡子

　　游動著銀色褶痕

---

[15] 游淙祺，《社會世界與文化差異——現象學的考察》（台北：大雁文化，2007），頁 166。

[16] 倪梁康，《意識的向度：以胡塞爾為軸心的現象學問題研究》（北京：北京大學出版社，2007），頁 59。

一摸

是細細皺紋

失神的剎那

鏡面飛過一則神話

迅地伸掌

抓住

是一把不賴的梳子

不勞用力

就梳得開腦後糾結的

歷史

所謂帝王

滾落肩上

不過頭皮屑罷了[17]

在這首詩中，白靈先言：「昨夜無眠的臉」強調身體在時間流中的經歷「從昨夜到當下」而具有時間性，繼而表述了臉上時間性的變化：「細細皺紋」，白靈是將自己的身體視為客體觀察，從中注意到身體的綿延，柏格森指出：「真正的綿延乃是啃噬事物的綿延，並

---

[17] 白靈，〈對鏡〉《生與死的間隙》（臺北：九歌，2004），頁 47-48。

且在事物身上留下齒痕[18]。」換言之，時間在此詩中被視為客體的事物「身體」留下時間性，白靈意向到身體的時間性並以「游動著銀色摺痕」隱喻「細細皺紋」的時間性。

第一段僅止於主體意識對「身體—客體」結構的觀察，而第二段白靈巧妙地用「失神的剎那」將第一段主體意識對「身體—客體」的觀察轉化為生命在時間流中對時間、歷史的表述，白靈用「不勞用力／就梳得開腦後糾結的／歷史」將主體存有的位置透過身體安置在具有歷史意味的時間流中，海德格說：「歷史主要不是意指過去之事這一意義上的『過去』，而是指出自這過去的淵源[19]。」歷史在本質上只是在時間流中去意向到當下出自於過去，也就是過去對於當下的時間意義，即海德格所說的歷史。而歷史意識就是某種自我認識的方式[20]，白靈從「對鏡」的動作對身體「自我認識」，進而從身體的時間性延伸到歷史的時間性，而以「所謂帝王／滾落肩上／不過頭皮屑罷了」認識到當下自我存有的渺小。綜言之，此

---

[18] 見柏格森（Bergson Henri）〈創化論〉收錄於《柏格森》（*Bergson Henri*），諾貝爾文學獎全集編譯委員會譯（臺北：書華，1981），頁 80。

[19] 海德格，《存在與時間》，頁 500。

[20] 伽達默爾（Hans-Georg Gadamer），《真理與方法——哲學詮釋學的基本特徵》（*Truth and Method*）洪漢鼎譯，（第一冊）（上海：上海譯文出版社，2004），頁 305。

詩從身體的時間性表述出白靈對於自我存有在時間流中渺小的心裡觀照。

　　相較於〈對鏡〉表述自我身體觀照的時間徵象，〈午後左岸望海〉這首詩則透過詩中「我」對「你」的身體注視，觀照著「你」以及時間：

> 於你清澄的眼波上方
> 睫毛是風吹出的一排小草
> 你的眉撐起
> 一把小陽傘
> 為它們遮光
>
> 夕陽自你的鼻尖那邊
> 攀爬而至了
> 其難度甚於翻越一座
> 陡峭的山，猶疑著
> 要不要淹沒我的大海
>
> 而就在平滑的沙灘上
> 你下午脫下的那隻
> 俐落的腳印

　　猶在堅持著，幫我力擋

　　眼前洶湧的黃昏[21]

這首詩先寫「你」的身體徵象「眼波」、「睫毛」、「眉」，然後才寫及「夕陽自你的鼻尖那邊／攀爬而至了」寫出時間的徵象出來，由近處且細緻的睫毛、眉、鼻尖到夕陽，表現出詩人的視域是由近而遠，由細緻到廣大，呈現出一具有層次和深度的空間感，由空間感帶出夕陽運動的時間性。游喚指出：「若有時間，動作即為時間之存在。若有存在，時間之流動即為我再之證明[22]。」由夕陽移動的過程帶出時間的觀照，由對時間觀照的表述證明詩中「我和你」的存有，最末段則以沙灘上的腳印，其身體所留下的符號試圖抵擋時間的流逝，因為「身體─主體」的存有總是在時間與空間中「在場」，而「在場」因其具有的實體性，它總是在確定的時間方式──「現時」之中被理解[23]，因此堅持當下「現時」的時間，抵禦時間的流逝，是詩人運用身體在沙灘留下的符號「腳印」，以抵禦時間澄明自我存在的方式。

---

[21] 白靈，〈午後左岸望海〉《生與死的間隙》（臺北：九歌，2004），頁 82-83。

[22] 游喚，〈時間與動作在詩中的作用〉《台灣詩學季刊》9（1994），頁 139。

[23] 陳曉明，《解構的蹤跡：歷史、話語與主體》（北京：中國社會科學出版社，1994），頁 28。

　　身體是人在世存有的奠基，是存有「被拋入」形成依寓於世界的證明。胡塞爾所言的「意向主體」也必須透過身體來表現出來，也就是梅洛龐蒂所說的「身體─主體」。然身體是在空間的存有物，也具備「身體─客體」的結構，我們在〈對鏡〉和〈午後左岸望海〉，可以先看到白靈先從「身體─客體」的視覺意向到身體的時間性或身體存有的時間性，繼而澄明主體在時間流中的存有，但〈對鏡〉和〈午後左岸望海〉對於存有的時間性卻有兩種不同的態度，前詩感受時間永恆個體渺小，後詩因為有「你」的出現，使得詩中「我」必然且必須抵禦時間，證明自我的存有，肯定「我」與「你」的情感在時間流中的價值。

身體對愛的指涉

　　白靈的詩集《愛與死的間隙》既以「愛與死」作為詩集名稱，「愛」與「死」就是整本詩集的主題，因此在我們觀察白靈此詩集中的身體表述現象，除時間意識的表述外，必然會觸及到「愛情」的主題，馬克斯·謝勒指出：「愛是從低價值上達到高價值的運動[24]。」

---

[24] 謝勒（Max scheler），《情感現象學》（*The Narure of Sympathy*），陳仁華譯（臺北：遠流，1991），頁 209。

換言之，「愛」是從形而下的身體發展到形而上的精神，是「情感
上」的「統一感」，亦即將自己的自我和他人的自我等同起來的行
為，只是一種高度的感染。它代表著一種位於那「在他人身上尋求
認同」以及「自己跟自己自我認同」的過程間的一道界限[25]，通常
在追求情感統一感的同時，也企圖追求身體的融合，如〈愛與死的
間隙〉這首詩：

> 未被蝴蝶招惹過的花
> 難知何謂誘惑
>
> 不曾讓尖塔刺穿的天空
> 如何領會什麼是高聳
>
> 沒經暴風愛撫過的雲
> 豈易明白何為千變何為萬化
>
> 而遭思念長吻住的愛啊
> 一分鐘竟比一個峽谷寬
>
> 有誰能搭起一座橋
> 在這一分鐘與下一分鐘之間

---

[25] 謝勒，頁 19。

　　或者就跳下那相隔的間隙吧

　　看能不能逃脫，自她雙唇夾住的世界……[26]

雖然此詩言「愛與死的間隙」，但實際上是透過「吻」、軀體的融合凸顯「愛」的主旨，白靈先以「蝴蝶—花」、「尖塔—天空」、「暴風—雲」的隱喻結構，再三烘托出身體與身體之間「吻」的活動，「吻」的活動是自我和他人的軀體融合成唯一體的儀式，如巴赫金所說：「從性的角度看，我和他人的軀體融合而成為一體，但這一整體只能是內在的整體。誠然，這種融成一體的只是我的純然性追求的極端[27]。」雖然從外在的角度，「吻」只是身體與身體的接觸、結合，但本質上吻也是一種隱喻，身體的隱喻，隱喻其「內在的整體」，也就是自我純然性地追求「愛情」的統一。綜言之，白靈用「蝴蝶—花」、「尖塔—天空」、「暴風—雲」的結構來隱喻身體與身體活動的「吻」，用「吻」來指涉愛情，而「自她雙唇夾住的世界」更揭示了「身體＝世界」的認知觀[28]，如王曉華說：「人擁有一個世界。

---

[26] 白靈，〈午後左岸望海〉《生與死的間隙》（臺北：九歌，2004），頁 56-57。

[27] 錢中文主編，《巴赫金全集》第一卷，（山東：河北教育出版社，1998），頁148。

[28] 我們在此詩中看到「在這一分鐘與下一分鐘之間」的時間表述雖然是指涉「吻」，但實質卻是指愛情的主體，雙方在時間流中的存有，以「吻」及身體作為在時間流中存有的見證。

這個世界以他的身體為中心漸次展開。我被他人和物環繞著[29]。」
世界是因為人的「身體」而展開，世界的存有是被人的「身體」所
澄明，身體及身體活動作為「愛情」的見證同時也見證了存有在世
界中存有。

〈關於「吻」的研究〉這首詩同樣也是透過身體活動的「吻」指
涉「愛」的現象，但這首詩更擴及到對身體、對「愛」的意向感知：

> 愛要如何打開
>
> 如果不把吻當作按鈕？
>
> 一道光如何
>
> 從神秘的舌尖
>
> 閃電入脊股？
>
> 脊椎如何
>
> 迅即 N 字型彎曲
>
> 又迅即彈回？
>
> 未曾燒焦，不虞折損
>
> 分叉的能量麻到
>
> 神經的天涯

---

[29] 王曉華，《西方生命美學侷限研究》（哈爾濱：黑龍江人民出版社，2005），
頁 103。

千分之一秒

軀幹內部倏地被照亮

再度暗下前

一株樹突然內視到

自身複雜而立體的網脈

彷彿潛入

一口千年底的古井

乍見

內臟的恐怖份子

詭密且移動神速

未及閃躲

腦門轟地就挨了一記掌印

留下

契約似的雷紋

何能得此玄秘的寶圖

如果不指揮一道閃電通過

你我的脊骨

如果不把吻

放在開始[30]

這首詩一開始「愛要如何打開／如果不把吻當作按鈕？」已宣示了身體活動的「吻」是「愛」的示現，如梅洛龐蒂所說：「情緒並不是只是心靈的、內在的事實，而是我們與他者和世界關係的一種變樣，透過我們的身體態度而得到表現，我們不能說，對於外在觀察者來講只有一些愛和憤怒的徵兆被給出來，而我們只能透過詮釋這些徵兆來間接的理解他人：我們必須說，他人是作為行為而直接向我們展現。[31]」故「愛」必須是身體性的徵兆，像用「吻」表現出來，讓他人得以理解，白靈用「一道光」、「閃電」陳述身體對於「愛」的感知，呼應著「一道光」、「閃電」細緻地用隱喻表述身體對於「吻」及「愛」的感覺及現象：「一株樹突然內視到／自身複雜而立體的網脈」等等，白靈用想像力建構出身體對於「愛」的感受，透過身體感受的表述，凸顯出「愛」的存有。身體是「在場著的在場者」，是愛情徵兆的載體，通過想像力的創造，詩將「愛」的想像表象出

---

[30] 白靈〈關於「吻」的研究〉《生與死的間隙》（臺北：九歌，2004），頁 65-67。

[31] 轉引龔卓軍，《身體部署──梅洛龐蒂與現象學之後》（臺北：心靈工坊，2006），頁 249。原文見於 Maurice Merleau-Ponty, *The Film and the New Psychology*, trans. Hubert L.Dreyfus & Patricia Allen Dreyfus, Sense and Non-Sense, Evan: Northwestern UP, 1964, p53.

來，如海德格說：「詩意想像力道出自身[32]。」白靈以想像力建構出身體對「愛」的感知是從「吻」開始，最終留下「契約似的雷紋」是身體對「愛」證明的陳述，白靈在這首詩敘述其想像身體對「愛」的感知後，詩末再度呼應到對身體活動「吻」的敘述，澄明「愛」是身體行為的外化。

相對於〈關於「吻」的研究〉這首詩對身體內在的想像敘述，〈沉船〉這首詩則是透過風浪、沉船來隱喻情人身體間的親密行為，對外在的身體活動用船體來隱喻，揭示身體在示現愛情時的激烈：

> 一夜的糾纏
> 與風，與浪
> 以為通過你的唇吻和波峰
> 就可以安全地到達黎明
> 剎那間卻像被什麼秘密
> 握住，螺旋槳軸停止旋轉
> 船首一陣劇烈地抽搐
> 艦橋上我抹霧探測你

---

[32] 海德格（Martin Heidegger），《走向語言之途》（*Unterwegs zur Sprache*），孫周興譯（臺北：時報，1993），頁 9。

你突地從四面八方竄起
猛烈搖晃我
以海浪以深奧的黑
而海平面下，兩側竟是
垂天的冰斗壁

烈隙間我的船體深陷
操舵部熄去動力
防水閘無以關閉
主甲板上救生艇無助地掉落
緊張的信號燈眼珠子一樣閉緊
我的魂魄想搶搭直昇機逃離
整條船卻開始向你急速傾斜

最後船尾翹出海面，立起
在快速下沉前，親愛的
我不得不死命抱住一顆潮濕的魚雷
向下對著你，對著深沉而永恆的
大海的咽喉[33]

---

[33] 白靈，〈沉船〉《生與死的間隙》（臺北：九歌，2004），頁 74-75。

從此詩第三句「以為通過你的唇吻和波峰／就可以安全地到達黎明」就可以知道此詩所欲呈現的是身體追求性愛活動的表述,「你突地從四面八方竄起／猛烈搖晃我」比喻性愛活動的激烈,白靈細緻地描寫船體沉船的細節,隱喻身體的活動,第二段末句:「整條船卻開始向你急速傾斜」即將身體活動的意旨指向對方,呈現身體活動對愛的指涉,而整首詩對於「愛情」指涉最明顯的就是末段最末三句:

「我不得不死命抱住一顆潮濕的魚雷／向下對著你,對著深沉而永恆的／大海的咽喉」將身體的性愛活動昇華指向對愛情「永恆」的含義充實,也就是透過身體的性愛活動充實了對愛情永恆的指涉,用身體的活動見證主體的愛情意識之存有。從此三首詩的論述中,身體對愛情指涉、陳述的時間範圍從「一分鐘與一分鐘」的間隙到吻的瞬間、一夜以及永恆,可見白靈所表述的「愛情」不但是可透過身體存有辯證的,也能涵涉所有的時間範圍,而最主要的則是愛情必須透過身體的主體性去證明其存有的可能。

身體面對死亡懸臨

生命的存有本身是有時間性的,而這種時間性是對死亡開放的,也就是生命向死亡存有,當存有確認生命被拋入到「在世」的

當下時，我們開始面對死亡，如海德格說：「在世的『終結』就是
死亡[34]。」生命最終會因為死亡而終結，而我們表述的死亡永遠不
是我們體驗的死亡，我們對死亡的表述充其量僅是「在側」[35]，即
是透過他者的死亡來體驗死亡本身。換言之，我們對死亡的理解是
奠基於對他人「死亡」的意向活動中，而且通常是透過對他人身體
存續的意向去表述死亡，如〈永恆的床──龐貝城所見〉就是用對
龐貝城居民死亡後遺留下的身體空間的表述呈現白靈對死亡的體驗：

> 當最燙最紅的一盆岩漿
>
> 噴至高空，剛剛
>
> 要澆在龐貝城上
>
> 他和她都不肯逃走
>
> 床和歷史被他們有勁的指甲
>
> 抓出了皺紋
>
> 她舉高的雙足在空中
>
> 翹開，迎著螺入的
>
> 曼陀羅花之根

---

[34] 海德格，《存在與時間》，頁 316。

[35] 海德格，《存在與時間》，頁 325。

他犀牛著臀波浪她
掌心的慾火被渾圓的乳球
撐開
而長髮如珠網
網也網不住床上的震撼
永恆是一道
要不斷運動的門吧
她的嘴半張
舌著嘶喊的蚌肉……

衝入的岩漿終於
淋在他們身上
不能搬走的天堂凝固於剎那
在掘開的龐貝城
觀光客們捧著束束的驚嘆
獻予這愛與死的「熔漿之床」
並露出土狼眼
和河馬鼻，感覺
身後的維蘇埃火山
隱隱繼續勃起

對著滿月的引力

射出銀花花的星斗

向運動著的永恆之門……[36]

這首詩刻意透過身體的性愛活動強化了人類面對死亡懸臨的永恆認知，火山淹沒的龐貝城空間成為「他和她」身體空間的見證，此詩第一段：「他和她都不肯逃走／床和歷史被他們有勁的指甲／抓出了皺紋」，將生命的身體空間與歷史意涵劃上等號，顏忠賢指出：「空間意識的形塑決定於個人經驗空間的過程[37]。」白靈意向到龐貝城此歷史空間中居民的身體空間，但白靈特別敘述了「他與她」的身體空間，給予其性愛與永恆的歷史意涵並表述出來，這是白靈個人經驗空間的過程中以及意向弧中特意觀照到的，其意欲將這對面臨死亡的龐貝城居民的身體空間，透過身體的性愛活動強調生命在歷史時間流中的永恆。

　　龐貝城此特殊的歷史空間將所有居民的身體空間形塑出來，在白靈透過此對龐貝城居民的想像中，表述出白靈對死亡的想像可和性愛以及永恆劃上等號，因此言：「不能搬走的天堂凝固於剎那」，

---

[36] 白靈，〈永恆的床——龐貝城所見〉《生與死的間隙》（臺北：九歌，2004），頁 76-78。

[37] 顏忠賢，《影像地誌學》，（臺北：萬象，1996），頁 74。

而「觀光客們捧著束束的驚嘆／獻予這愛與死的『熔漿之床』」呼應著題目「永恆之床」，因「命題的意謂實際與之對應的事實[38]」，白靈所表述的「愛與死」即是永恆，而向「運動著的永恆之門」宣示著存有是不斷朝愛與死恆續的運動。

　　然存有的死亡有時並不能直接指向永恆、愛與死的意涵，如〈真相〉這首詩，雖題目言「真相」，我們卻難以從詩中對已死身體的描述見到所謂對「身體死亡」的真相敘述：

　　　一具蒙難的真相
　　　草草數堆墓塚
　　　分頭他們發誓，自己埋下的
　　　才是真相的肉身

　　　身旁冥紙亂竄如飛
　　　尾隨品味不同的幾柱青煙
　　　瞧，版本迥異的墓碑
　　　鬼魅幽幽，紛紛自地表鑽出

---

[38] 維特根斯坦（Wittgenstein Ludwig），《維特根斯坦全集・第 1 卷》涂紀亮主編（石家莊市：河北教育出版社，2003），頁 5。

他們為虛懸的頭顱補上頭顱

　　為扭斷的胳膊補上胳膊

你要哪種真相？喏，背後不就送來

一撮精心設計的燐火？

時間加上大雨的王水

將大地喉結似的土塚們反覆消融

殘留下的碑銘勉強睜亮幾顆字眼

真像他們疾呼的真相

究竟埋葬過衣帽

還是手臂，青苔還在勘驗

月亮也從雲端探出頭來

斟酌該照在哪塊墓碑上[39]

這首詩敘述只有「肉身」的身體才是真相，「版本迥異的墓碑」則隱喻著死亡真相的不可確定性，「他們為虛懸的頭顱補上頭顱／為扭斷的胳膊補上胳膊」則用身體的缺陷與補綴來表示對死亡真相的意義詮釋，而這種詮釋本質上是被給予的，如沙特所言：「一切事

---

[39] 白靈〈永恆的床──龐貝城所見〉《生與死的間隙》（臺北：九歌，2004），頁 117-118。

物都可以通過需要來解釋[40]。」這樣的詮釋只是詮釋者的意義給予，而不一定是生命的真相或死亡的真相本身，而因為身體被埋葬在地下，白靈刻意將大地身體化：「時間加上大雨的王水／將大地喉結似的土塚們反覆消融」用喉結來描述墳墓的土塚，使肉身的「真相」轉化為大地的真相，被時間和雨水所湮滅，在這首詩中身體是死亡的肉身，表述出生命的意涵也就是真相隨著死亡消融。

白靈在此詩中特意模糊死者的身份，使死亡的肉身得以是不特定他人的身體，透過表述不特定他人的身體去體驗他人死亡的意義，也就是存有的「真相」。如約瑟夫・科克爾曼斯所言：「當此在死亡中達到其自身的完整性時，它也就喪失了其死亡中「此」之在。通達向不再為此在的過渡，它不再具有體驗任何事情，繼而體驗其自身死亡的可能性。這一事實使他人的死亡如此扣人心弦。此在之所以能對死亡的某種體驗，是因為其存在與生俱來地與他人共在[41]。」我們只能透過他人的死亡來理解死亡，因此他人肉身的消滅會使詩人重視並且表述，而且能夠感同身受地體驗與同情，因為詩人的存

---

[40] 沙特（Jean-Paul Sartre），《辯證理性批判：實踐整體的理論（上）》（*Critique De La Raison Dialectique*），林驤華、徐和瑾、陳偉豐譯（臺北：時報文化，1995），頁 210。

[41] 科克爾曼斯（Joseph J. Kockelmans），《海德格爾的《存在與時間》》（*Heidegger's Sein und Zeit*）陳小文、李超杰、劉宗坤譯（北京：商務，2003），頁 216。

有和他人一樣，透過身體存有，透過對身體的想像達到包含死亡在
內的互為主體性之認識[42]。

　　然而，詩人的想像不限於對他人身體死亡的表述，如〈魚化石〉
這首詩就是對魚的身體及死亡的想像陳述：

　　　　大自然又伸手收回這一小塊
　　　　會動、會游的泥巴

　　　　甚至尾巴都不曾猶豫
　　　　就任地球翻個掌，將它掩沒

　　　　地球說：有哪種愛比死更迷人
　　　　　　　　分一點你的痛給我吧

　　　　黑漆中熨貼千萬年，才攤開掌心
　　　　丹骨歷歷，不可能更美的言語

　　　　魚說：死與愛同質
　　　　　　　因信而不掙扎[43]

[42] 關於「互為主體」的詮釋，可參考倪梁康，《意識的向度：以胡塞爾為軸心
的現象學問題研究》，（北京：北京大學出版社，2007），頁 144。

[43] 白靈，〈永恆的床——龐貝城所見〉《生與死的間隙》（臺北：九歌，2004），

白靈用「大自然又伸手收回這一小塊／會動、會游的泥巴」來形容
魚的死亡，雖然白靈用「一小塊的泥巴」來形容魚的身體，當魚成
為「已死」的化石時，白靈卻言「骨骼歷歷，不可能更美的言語」
來讚美死亡的軀體，因為白靈意指「死與愛同質」，而「死亡」的
身體形成化石的永恆更可證明「愛」的永恆，可見白靈透過魚化石
在表述魚之身體死亡的同時，本質上卻是在歌頌愛，歌頌生命本
身。這也是《愛與死的間隙》這整本詩集的基調。

結語：奠基於身體的表述

　　表述的行為稱之賦予含義的行為，或者也稱之為含義意向[44]，
表述是為了讓表述者和被表述物發生意指的關係[45]，而王曉華說：
「人擁有一個世界。這個世界以他的身體為中心漸次展開。我被他
人和物環繞著[46]。」是以表述者對於世界的認識以及對意向物的含
義充實，都必須奠基於身體的存有，因此從身體為中心所展開的表

頁 62-63。
[44] 胡塞爾（Edmund Husserl），《邏輯研究‧第二卷，第一部份現象學與認識論
　　研究》（Logical Investigations），倪梁康譯（臺北：時報文化，1999），頁 37。
[45] 胡塞爾，頁 44。
[46] 王曉華，《西方生命美學侷限研究》，頁 103。

述是相當基本而且重要的，人總是依據著自我身體的活動或他人身體活動來思考，如梅洛龐蒂所說：「思想並不依據自我，而是依據身體來思考，再把思想統一於身體的自然法則中[47]。」詩的表述同樣是依據著詩人所意識到的身體活動來思考，而本書以「身體」為論述中心，討論意識主體在存有中所體驗的三大抽象主題：「時間」、「愛情」及「死亡」，去論證詩人如何表述身體在時間流中的存有，澄明身體的時間性，並且梳理出詩人如何透過身體的示現呈現愛情的永恆及其價值，以及「在場」的詩人如何體驗「他者」的身體空間呈現「死亡」的現象。白靈詩集《愛與死的間隙》中以身體呈現「愛」與「死」的主題在時間流中的存有，白靈透過想像和體驗表述身體在面臨「愛」與「死」的情況時，如何澄明生命的存有，見證「愛」與「死」的現象，當我們明晰了詩人白靈敘述身體體驗「愛」與「死」的重要意向活動後，我們可以在白靈對於「愛」與「死」的表述中，看見在詩作中如何透過身體的表述確定自我存有的澄明。希望能透過此論文的研究，對於身體詩的討論，或以此論文的身體詩研究為基礎，對白靈其他詩作中自我存有意識的呈現，能夠有更具思想理路的研究空間。

---

[47] 梅洛龐蒂（Maurice Merleau-Ponty），〈眼與心〉（*L'oeil et l'esprit*），倪梁康主編《面對實事本身──現象學經典文選》劉韻涵譯（北京：東方，2000），頁 780。

空間與他者：
黃河浪《香江潮汐》中「香港」的空間表述

摘要

　　詩人黃河浪一九七五年至香港，一九九五年移居美國，現為夏威夷華文作家協會會長，本書以黃河浪《香江潮汐》作為討論文本，試擬的論述進路，先探討「空間」、「他者」以及「空間人物化」的本質與現象，然後從黃河浪《香江潮汐》中區分自然空間與都市空間並加以分別論述，發現空間與人物形象的「他者」之間的相互關係，進而呈現詩作中具有「空間」特色的表述如何形成。

前言

　　詩人黃河浪一九七五年至香港，一九九五年移居美國，現為夏
威夷華文作家協會會長，曾出版詩集《海外浪花》、《大地詩情》、《天
涯回聲》、《香江潮汐》、《風的腳步》、《海的呼吸》等。《香江潮汐》
出版於一九九三年，當時黃河浪已在香港旅居近二十年，對香港已
有相當深厚的認識，黃河浪於《香江潮汐》的後記自言：「香港也
已成為我的第二故鄉。日夕相對，休戚相關，複雜的情緒不能不在
作品中表露出來[1]。」他又說：「這個集子所收的，就是關於香港的
詩，和一些生活感受[2]。」也就是說《香江潮汐》是黃河浪對「香
港」這個空間所產生意向活動的表述，但黃河浪慣於在詩作中隱藏
自己的介入，因此我們在《香江潮汐》中看到有關「香港」空間敘
述，通常都是從某個視角去呈現客觀的空間風景，然如同楊義所
說：「當作者要展示一個敘事世界的時候，他不可能原封不動地把

---

[1]　黃河浪：〈後記〉收錄於黃河浪：《香江潮汐》（香港：天馬圖書，1993 年 6
　　月），頁 155。

[2]　黃河浪：〈後記〉收錄於黃河浪：《香江潮汐》（香港：天馬圖書，1993 年 6
　　月），頁 155。

外在的客觀世界照搬到紙面上……作者必須創造性地運用敘事規
範和謀略,使用某種語言的透視鏡、某種文字的過濾網,把動態的
立體世界點化(或幻化)為以語言文字凝固化了的線性的人事行為
序列[3]。」詩人的敘述角度,在詩中對空間所展示的意向活動與表
述,事實上就展現了其所意識到的空間美感或空間特色,用如楊義
所說的「語言的透視鏡」、「某種文字的過濾網」呈現出所欲表述的
空間特質,以詩語言作為空間與自我的中介[4],以詩語言文字介入
表述的「空間」。因此,我們在《香江潮汐》中看到的空間敘述也
已經是「黃河浪化」、主體「意識化」的空間表述,而非完全客觀
的空間呈現。在《香江潮汐》中被「意識化」的空間敘述中,我們
可以看到黃河浪常用空間中「他者」的人物形象來凸顯空間的特
徵,使表述空間人物化,而人物化的空間則呈現了黃河浪對「香港」
的空間意識。

　　本書試擬的論述進路,先探討「空間」、「他者」以及「空間人
物化」的本質與現象,然後從黃河浪《香江潮汐》中區分自然空間

---

[3] 楊義:《中國敘事學》(嘉義:南華管理學院,1998 年),頁 160。

[4] 伽達默爾指出,語言可作為聯繫自我和世界的中介,據此,語言作為自我
和世界間的依屬性得以呈現。據此,我們可推而知之,「詩語言」是詩人與
表述世界的中介,詩人選擇是病透過適當的「詩語言」介入其所意向到空
間世界。參見伽達默爾著,洪漢鼎譯:《真理與方法——哲學詮釋學的基本
特徵》(第二冊)(上海:上海譯文出版社,2004 年 7 月),頁 614。

與都市空間加以分別論述，發現空間與人物形象的「他者」之間的相互關係，進而呈現詩作中具有「空間」特色的表述如何形成。

「空間」、「他者」與「空間人化」

（一）、自我的「空間」觀

　　海德格說：「空間是自然外於自身存在的無中介的漠然無別狀態[5]。」空間是間格於自我以外的一種周遭的狀態，一種自我以外的廣延，但人卻又是以身體佔有空間，並且透過認識世界作為反照其自身所在空間的座落地點[6]。換言之，人一旦「被拋入」這個世界，就已經參與並組織並且意識到自我與周遭的空間，鄭金川更指出：「人存在世上，『身體』的空間性，就是『情境』的空間性。這個情境，也正指出人與世界的關係，是一個『動態的辨證』關係[7]。」也就是原本空間自在自為的廣延，因為人「身體」空間性的參與，

---

[5]　海德格著，王慶節、陳嘉映譯：《存在與時間》（台北：桂冠，1994 年 8 月），頁 562。

[6]　參見潘朝陽：《心靈‧空間‧環境——人文主義的地理思想》（台北：五南，2005 年），頁 70-71。

[7]　鄭金川：《梅洛—龐蒂的美學》（台北：遠流，1993 年），頁 34。

在意識中形成了一個「情境」，而這「情境」是具有空間性的，空間對於「存有」而言，不再是自在自為的廣延，而是被意識到的「情境」空間。

胡塞爾則指出了自我與世界空間的關係，他說：「我所身處的並且同時是我的周圍世界的這個世界，是與我的經常變化的意識自發性的集合體相關聯的……[8]。」空間是被存有的「自我」所意識到，因為「自我」意向行為的「立義」而在意義上具有相關聯[9]，因此每個人所感覺到的空間都會賦予不同的意義與想像，所以雖然黃河浪刻意在詩中遮蔽「自我」主體的敘述，但《香江潮汐》中所敘述的「香港」空間，仍具有黃河浪對於「香港」空間的立義，呈現黃河浪自我的空間意識表述。而奠基於具有個人特色的空間意識，語言形成了「空間的再現」，簡政珍就指出：「『語意場』所造

---

[8] 胡塞爾著，黑德爾編，倪梁康譯：《現象學的方法（修訂本）》，上海：藝文，2007 年 3 月，頁 121。

[9] 孫飛宇詮釋：「胡塞爾的『立義』（Auffassen）概念，指的是意識活動的功能，即將某物立義為某物，將感覺材料賦予某種意義，并得到統一而成為我的對象。也就是說，胡塞爾的立義是通過賦予意義而使某種東西被給予我，所以這就是原初的活動。」在空間的「立義」，就是說主體意識活動，將所意識到的空間給予某種意義，並得到統一且成為我所意識到的空間。參見孫飛宇：〈論舒茨的「主體間性」理論〉收錄於謝立中主編：《日常生活的現象學社會學分析》（北京：社會科學文獻出版社，2010 年 5 月），頁 204。

成的符號、隱喻、『再現空間』，使表象的現實變成『非現實』，一種超越現實所顯像的真實，這正是詩意象所開拓的空間。[10]」據此，我們可以詩中的語意組織形成「語意場」，而這語意場則可能是對於現實空間的符號、隱喻或者再現空間，使「可見的」空間現象成為「不可見」的空間意識、空間意義，詩的意象因此展開詩的表述空間，而呈現詩人的空間意識。

　　由以上論證，我們可得知，詩所表述的「空間」，是一種由詩人意識形構的「再現空間」，而詩中「再現空間」的形成則源始於存有的意識本身，因此「空間」的表述其實與表述的自我有密切的關聯性，雖然在黃河浪的詩中，「我」總是不在場的，但他透過「他者」與其他的空間象徵物[11]，凸顯並敘述出黃河浪所意向到的空間立義。

---

[10]　簡政珍：〈台灣都市詩的空間意象與隱喻〉收錄於《臺灣詩學》，臺灣詩學季刊雜誌社，2005 年 11 月第 6 期，頁 9。
[11]　在此，他者的身體也同樣佔有空間，形成空間象徵物，進而可作為詩中空間特性的隱喻。

（二）、「他者」與「空間人化」

　　所謂「他者」就是自我以外的主體，然我們在此文中所謂的「他者」是一個可以被主體意向到空間以外的其他人，擁有和自我一樣佔有空間的身體，也就是「異己」，游美惠說：

> 他者／異己是與「自我」（self）相對照的一個概念。他者／異己對於界定「正常」（defining what is "normal"）和界定人們的主體位置和相當重要[12]。

換言之，他者就是自我以外的一個概念，可在空間中供界定自我主體的位置。夏忠憲所說：「世界是由差異構成的，差異就包含著矛盾和對立。換言之，沒有差異，沒有矛盾和對立，就沒有世界。而自我與他者的區分構成了最基本的對立，他是其他一切差異的基礎[13]。」也就是說，他者是自我的對立，自我世界的差異對象，是構成世界的奠基。事實上，現象學的世界思維，就是將「自我」建立於和「他者」或是外在世界的互動上，經由「他者」才能深切體

---

[12] 游美惠：〈他者／異己〉《性別平等教育季刊》，2006 年 12 月第 38 期，頁80。

[13] 夏忠憲：《巴赫金狂歡化詩學研究》（北京：北京師範大學出版社，2000 年11 月），頁 23。

認到真正的「自我」[14]。然而，如何從詩中確定表述的他者？龔卓軍指出現象學透過「身體感」為起點，在對他者身體的顯現和運動獲得移情（empathy）瞭解的基礎上，才能落實客觀認識[15]。

他者能讓「自我」更認識「自我」與自我在世界空間的位置，在世界中因為有自我和他者的差異，才使空間性展開出來。前文已闡明我們在黃河浪《香江潮汐》的詩中，看見詩中的「自我」在空間敘述中是被遮蔽的，在空間敘述中只有「他者」呈現，詩中的「自我」是「不在場」的[16]，在自我「不在場」的狀況中，空間才得以更加澄明的呈現出來。但如此一來，空間只剩下在場的客觀物和「廣延」而已[17]。因此黃河浪將透過敘述他者的位置、他者的活動，來呈現其空間表述，使空間意識化，也就是「空間的人化」，使空

[14] 參見簡政珍：《台灣現代詩美學》（台北：揚智，2004 年），頁 82。

[15] 參見龔卓軍：《身體部署：梅洛龐蒂與現象學之後》（台北：心靈工坊，2006 年 9 月），頁 30。

[16] 沙特說：「我的現在，就是在場。面對什麼在場呢？是對這張桌子、這個房間、對巴黎、對世界，簡之，是對自在的存在而言。」一般情況下存有都是在場的，只有在敘述中被遮蔽、被斷裂，才可能使存有暫時產生「不在場」的現象，但其本質仍是「在場」，我們可以稱為「虛我表述」或「虛我敘述」。參見沙特（Sartre, J.P.）著，陳宣良等譯：《存在與虛無（上）》（台北：桂冠，1990 年 1 月），頁 189。

[17] 柏格森曾解釋「廣延」即物體在空間所占一定部分的性質。參見柏格森（Henri Bergson）著，李斯等譯：〈創造進化論〉收錄於歐肯、柏格森著，李斯等譯：《諾貝爾獎文集》（北京：時代文藝，2006 年 10 月），頁 58。

間從黃河浪詩中「自我」的不在場，重新回到一種「在場」的可能，
使人在空間中「在場」，使空間「人化」而具有被立義的空間意涵，
使被表述的空間具有了詩的美感。而我們藉此思考進路即能進一步
地討論黃河浪在《香江潮汐》中所表述「香港」空間的特色與美感。

自然空間中的他者活動與空間呈現

　　如海德格所說：「此在本質上就具有空間性[18]。」人的存有本
身就是具有空間性的，而人是透過身體感官與身體圖式的活動來體
驗空間的廣延，龔卓軍就指出：「我的身體擁有自己的『風格』，自
己的生活時間和空間感，這就是梅洛龐蒂所謂的動態身體圖式。身
體的這種風格，這種它所表現的獨特的存有方式，與身體本身不可
分格論之，它被包涵在身體的每一個面向當中，在每一個感覺行為
和姿態當中[19]。」每個人在空間中都是透過身體圖式的感覺和動作
姿態去感知空間、佔有空間；然相較於個人的「身體圖式」而言，

---

[18] 海德格著，王慶節、陳嘉映譯：《存在與時間》（台北：桂冠，1994 年 8 月），
　　頁 149。

[19] 龔卓軍：〈身體感與時間性〉收錄於龔卓軍著：《身體部署：梅洛龐蒂與現
　　象學之後》，台北：心靈工坊，2006 年 9 月，頁 105。

自然空間顯得寬闊無際，表述者可透過他者身體圖式的活動，在他者的活動姿態呈現出空間感。

如〈沙田〉這首詩，就透過對漁夫活動的意向，呈現出海的廣闊：

山伸出強壯的臂膀

去擁抱蔚藍的海灣

白花花的波濤

浪調皮地轉身

閃過一串誘人的微笑

向遠方奔跑

漁夫架起小舟

追逐起伏的浪花

在茫茫海洋上尋找

孤獨的望夫石

留在山坡上

離大海越來越遠了[20]

---

[20] 黃河浪：〈沙田〉，《香江潮汐》（香港：天馬圖書，1993 年 6 月），頁 155。

這首詩描寫沙田海邊的景色，首先透過「山伸出強壯的臂膀／去擁抱蔚藍的海灣」來呈現陸地與海洋的近，以陸地與海洋的「近」來反襯陸地與浪花的「漸遠」；第二段為了表現浪花在空間中的「遠」，敘述「漁夫架起小舟／追逐起伏的浪花」將浪花的「遠」透過人類活動而呈現出來。段義孚就說：「我們有空間感，因為我們能夠移動……，移動給我們空間感[21]。」原本詩中視覺的空間感轉為漁夫的活動而得到擴大，是空間感透過他者的身體空間在他者的活動中得到證實，確切了浪花的「漸遠」與海洋空間的「茫茫」。然難免因為敘述重心轉移到海洋上「他者」漁夫的活動，而失去陸地的空間感，黃河浪繼而敘述陸地「望夫石」，作為意向漁夫的軸心參考空間，一個具體的徵象與漁夫相參照，烘托出空間廣闊。

然而，他者的活動並不僅只能呈現「他者—某物（或我）」的空間距離，還可以藉由「空間人化」凸顯意識主體對空間的特殊情致，如〈城門水塘〉：

誰遣清風
拂拭水面塵埃

---

21 段義孚（Yi-Fu Tuan）著，潘桂成譯：《經驗透視中的空間和地方》（台北：國立編譯館，1998 年 3 月），頁 111。

平湖如鏡臺

映四面青山如黛

深澗幽泉潺潺

可曾將桃花漂來

密密叢林蔽天

露幾圈清涼日光

斜照水邊青苔

有人靜靜垂釣

在碧玉湖中

釣天上的雲彩[22]

這首詩描寫城門水塘空間感的平靜祥和，首段將欲表述的空間用
白描的手法呈現出來，第二段利用幽泉、桃花、日光揭示此空間的
時間感，閒適、靜謐；在前兩段烘托出詩中所欲表述的空間情境，
因為黃河浪習慣在詩中隱藏自我，在此僅能看到一個相較客觀的
空間陳述，但單憑如此無法成為一首好詩，末段就呈現了畫龍點
睛的效果，點出了「他者」的人與空間的關聯性，「有人靜靜垂

---

[22] 黃河浪：〈城門水塘〉，《香江潮汐》（香港：天馬圖書，1993 年 6 月），頁
5-6。

釣」從「他者」的活動中看見了靜謐的空間感，且在湖中垂釣天上
雲彩，更呼應了首段「平湖如鏡臺」的敘述。黃應貴就指出：「空
間是以自然的地理形勢或人為的建構環境為其基本要素及中介
物，卻不認為那是最終的，而是在其上依人的各種活動而有不斷的
建構結果[23]。」空間雖然是自在自為的，但在人的意向活動中，其
意義或空間感卻必須且一定是依照人的活動而不斷給予意義及感
覺的充實。在這首〈城門水塘〉中，我們可以看到黃河浪先敘述
了一個客觀的空間，透過人垂釣活動，充實了詩中的空間感與空間
情境的描寫，在人與空間的互動過程中，使所表述的空間意象更加
鮮明清楚。

〈寶雲徑〉同樣是從空間中的「他者」呈現出空間情境與空間
感的敘述，然而〈寶雲徑〉詩中確有更多對於空間的想像：

盡量縮小身子
脫離車輪的追逐
留一條羊腸
半山草樹

---

[23] 黃應貴：〈導論：空間、力與社會〉收錄於《空間、力與社會》（台北：中
央研究院民族學研究所，1995 年），頁 3。

給戀人的情懷
晨運的腳步

跑向古典的涼亭
張翼欲飛
牽著雲霞起舞
接住一線活水
叮叮咚咚
濺起彩色的音符

穿運動衫的少女
踏著詩韻而出
把亮晶晶的笑聲
灑成露珠
亮閃閃的青春
印滿小路

轉過樹林
突然有求救的驚呼
撕裂山谷
什麼時候開始

　　一種特產的色狼

　　在灌木林中潛伏[24]

這首詩從第一句「盡量縮小身子」用身體佔有的空間揭示了「寶雲徑」的狹小，接著用「羊腸」表述這條山徑的樣貌，如此之外，第一段透過想像將戀人情懷以及晨運賦予了這條「寶雲徑」被詮釋的空間樣貌，使客觀空間和人類情感及活動建立了聯繫，在敘述中呈現空間的「人化」。

　　第一段「半山草樹」已經揭露了寶雲徑是一條山徑，然第二段「跑向古典的涼亭／張翼欲飛／牽著雲霞起舞／接住一線活水」更設想了人類的活動來敘述由山徑「升高」的空間感，黃河浪在此進一步用聲音與視覺的想像「濺起彩色的音符」，透過聽覺與視覺的感通，讓整個空間感具有豐富的感知徵象。

　　繼而第三段，黃河浪透過「他者」，穿著運動衫的少女，透過少女的青春形象，將寶雲徑的「空間人化」為一條充滿「亮閃閃的青春」的小路。然而黃河浪卻在末段敘述急轉，敘述樹叢聽見「求救的驚呼」、有一種特產的色狼，雖然在此稍顯突兀，但可見黃河浪想要在詩中製造空間中情節張力的企圖，敘述寶雲徑這條山徑是青春的，但也暗藏危機；寶雲徑這空間在此詩的敘述中，充滿了「他

---

[24]　黃河浪：〈寶雲徑〉，《香江潮汐》（香港：天馬圖書，1993 年 6 月），頁 19-20。

者」的徵象。如畢恆達所說：「空間絕不是一個價值中立的存在或是人類活動的背景[25]。」在人意向空間、敘述空間的同時，並不僅是表述存有的背景，而是將空間視為被認同、被感知的意向物，空間是作為作者的意識而開展的。在〈寶雲徑〉這首詩當中，黃河浪意識到寶雲徑的狹小如羊腸，也意識到寶雲徑的美麗如青春少女，但同時也表述了寶雲徑在不見車跡的山谷中暗藏危險，他透過表述「他者」的活動，為讀者呈現了這樣的自然空間感出來。

都市空間中的他者活動與空間呈現

（一）人類的「他者」與都市空間感

香港是一國際聞名的都市，當描寫「香港」此一空間不能避免對都市空間的敘述，因此在《香江潮汐》中收錄了黃河浪很多首有關都市空間敘述的詩作。胡寶玲說：「都市場所本身就是凝聚市民意識從事文化活動的論述場所。[26]」都市為一個「城市空間」，本

---

[25] 畢恆達：《空間就是權力》（台北：心靈工坊，2001 年），頁 2。

[26] 胡寶玲：《都市生活的希望——人性都市與永續都市的未來》（台北：台灣書店，1998 年），頁 68。

身聚集了眾多「他者」，而形成一個「凝聚意識」的論述場所，所以胡寶玲又說：「城市本身像一本書，公共空間和公共場所中的建築、藝術和人類不斷在書寫和訴說生活的故事和文化的意義[27]。」綜言之，都市空間聚集了許多「他者」而形成共同活動的空間現象，所以意向都市中「他者」的活動就成為表述都市空間的一個很重要的核心。因此，我們在黃河浪《香江潮汐》這本詩集中看到有關「都市空間」敘述的作品，幾乎透過人的活動來呈現都市空間的特質，我們在他的詩中看見「人—都市空間」的關聯，相較於「人—自然空間」是更加緊密，透過人類「他者」群而形成其都市空間感而示現出來。

以黃河浪〈上班族〉為例，即從密集的「他者」的空間活動形象來呈現其都市空間感：

> 從兩頭湧過來
>
> 從海面捲上來
>
> 從山頂瀉下來
>
> 從地底冒出來

---

[27] 胡寶玲：《都市生活的希望——人性都市與永續都市的未來》（台北：台灣書店，1998 年），頁 66。

人的潮水

車的洪流

在這裡轟然澎湃

撞擊

升騰

裂碎成

繽紛的七彩

然後　沉重地

落向寫字臺

在冷冷的氣壓下

凝成冰塊

像同一模子印出的

公仔[28]

這首詩首段敘述「他者」活動的現象佔據了整個詩中的空間，「他者」群彷彿在都市空間中流動，如王志弘所說：「流動空間與社會辯證關係裡的一個特殊層面。都市的空間移動與訊息流動實際上都

---

[28] 黃河浪：〈上班族〉，《香江潮汐》（香港：天馬圖書，1993 年 6 月），頁 7-8。

沿著街道進行，……流動是都市的基本『生命現象』[29]。」人類形象的流動或意識的流動是「都市空間」的現象，是「都市空間」人化的「生命現象」，「他者」的流動形成了都市的空間感，而在這首詩中黃河浪亦主要敘述由上班族的「他者」所構築的都市空間，我們可以在這首詩中看到「他者」形塑「都市空間」的同時，「都市空間」也在形塑「他者」的身體空間，「他者」被都市空間制約「落向寫字臺」，被隱喻成「同一模子印出的公仔」。在這首詩中，黃河浪觀察並敘述了人形塑空間，空間亦影響人類之都市的「空間現象」。

而〈空中走廊〉、〈水泥森林〉則具體地以隱喻描述都市空間和人類「他者」在此空間中的活動[30]，我們以〈空中走廊〉為例：

> 黃金的地面
>
> 已經沒有通途
>
> 盡屬於
>
> 千眼的怪獸
>
> 四輪的動物

---

[29] 王志弘：〈都市流動危機的論述與現實〉收錄於王志弘：《流動、空間與社會》（台北：田園城市文化，1998 年），頁 109。

[30] 黃河浪：〈空中走廊〉，《香江潮汐》（香港：天馬圖書，1993 年 6 月），頁 8。
黃河浪：〈水泥森林〉，《香江潮汐》（香港：天馬圖書，1993 年 6 月），頁 9。

人呢　被自己的聰明

偷偷放逐

氣喘吁吁爬上

無水的橋

無基的路

匆匆的都市人

來不及回頭

踏著文明的步伐

橫跨過

人造的山谷

這首詩將一般人習以為常的天橋敘述成「空中走廊」，而且凸顯出人
類讓出地面給車子走的荒謬感，而在詩中用前兩段分別敘述將地面留
給汽車，人類走在天橋上，藉以反襯出人類在都市空間中「流動、遊
走」的荒謬感。然而，並不是空間荒謬，而是身為「此在」的人類，
被黃河浪所意向並表述的「他者」都市人，在都市空間中「跨著文明
的步伐」的荒謬，如同海德格說：「我們若把空間性歸諸此在，則這
種『在空間的存在』顯然必得由這一存在者的存在方式來解釋[31]。」

---

[31] 海德格著，王慶節、陳嘉映譯：《存在與時間》（台北：桂冠，1994 年 8 月），
　　頁 145。

也就是說，空間性由生活在空間中的「此在」之存在方式而詮釋，
在此詩中所呈現的「都市空間」感，正是由匆匆從天橋走過的文明
都市人所詮釋，「文明的步伐」、「人造的山谷」以及讓出「黃金的地
面」給汽車行走，正是黃河浪當時對於香港「都市空間」所呈現一
種怪異、荒謬的都市空間感的意向表述，在詩中巧妙地呈現了出來。

　　黃河浪善於用「他者」來呈現空間感，我們在〈玻璃大廈〉這
首看起來原該以「大廈」為主題的詩中更能看出，黃河浪捨去了描
寫「大廈」，而透過描寫人類「他者」來呈現他所意識到玻璃大廈
的「都市空間」：

　　　懸浮半空的

　　　擦玻璃的工人

　　　升上一層又一層

　　　撕下潮濕的雲

　　　擦一面大大的明鏡

　　　如天一樣青

　　　水似的澄淨

　　　墊起腳尖捕捉

　　　躲藏的太陽

　　　退縮的風景

只映出三尺之外
另一堵無塵的牆
同樣透明
另一張陌生的面具
同樣陰冷[32]

這首詩先言擦玻璃工人將玻璃大廈擦拭成「一面大大的明鏡」，而
這明鏡應可以反映「躲藏的太陽」、「退縮的風景」。此詩共三段，
但用了前兩段僅呈現玻璃大廈這個「都市空間」玻璃的「反射」特
徵，因為黃河浪所欲表述的並非客觀玻璃大廈的「都市空間」，而
是最末段所揭示另一幢大樓如明鏡的「玻璃牆」所互相映照的冰冷
風景，來凸顯人在都市空間的陰冷、冷漠或無情。如同楊牧所言：
「詩人通過間接的甚至寓言的方式來面對人類社會和山川自然……
通過象徵比喻，架構完整的音響和畫幅。[33]」詩人並不用直接的語
言來表述所面對、所意識到的空間，而是通過象徵比喻來形構詩中
完整的空間與時間，而詩中的空間與時間經常並不是客觀的時空，
而是一種思想性的，一種表現、凸顯作者意識的空間感，劉其偉論
述繪畫理論的觀點可供借鑑：「其中以空間交錯疊合讓視覺的真實

---

[32] 黃河浪：〈玻璃大廈〉，《香江潮汐》（香港：天馬圖書，1993 年 6 月），頁 10。
[33] 楊牧：《一首詩的完成》（台北：洪範，1989 年），頁 6。

變為知性的真實，是一種思想上的空間，而非肉眼所見的空間，是
為捕捉對象所起的一種空間[34]。」詩中敘述的空間也是一種思想上
的空間，黃河浪透過玻璃大廈工人的擦拭，以玻璃大廈明亮如明鏡
的倒映，凸顯都市空間中人際之間的陰冷關係，一種思想、情感上
的都市空間感也就在作品中呈現出來。

　　〈玻璃大廈〉呈現都市空間中人情冷漠，而〈人行道〉則呈現
出都市空間中人類生活的急促：

　　　　酒色的昏黃

　　　　嘩啦啦就湧出

　　　　萬頭攢動的人流

　　　　你推著我擠著他

　　　　忙忙茫茫往前走

　　　　不需費力也無須憂愁

　　　　滾滾無際的浪濤

　　　　挾著你沉浮

　　　　縱然想立定腳跟

　　　　仍站不成

---

[34] 劉其偉編著：《現代繪畫理論》（臺北：雄獅出版，1987年六版），頁146。

一座孤峭的山丘

在洶洶無盡狂潮中

沉船之後

你只是一截

隨波逐流的

無奈的木頭[35]

這首詩寫得相當巧妙，第一行的「酒色」原是形容黃昏的天色，是
對「天空空間」的形容，但第二行卻將酒色具體化聯想酒的湧出來，
隱喻第三行「萬頭攢動的人流」，「你推著我擠著他」、「忙忙茫茫往
前走」的聲音效果也表現出「人行道空間」擁擠的空間想像，而這
種空間想像的敘述是動作性的，是人彷彿追趕時間的移動，正如黃
河浪另一首詩〈東區走廊〉中第二段：

都市人似染上

夸父癖

搶嚙時間追逐絢爛

一心想挽住

---

[35] 黃河浪：〈人行道〉，《香江潮汐》（香港：天馬圖書，1993 年 6 月），頁 23-24。

逃逸的夕陽

挽住漸沉的浪漫[36]

這兩首詩都是組詩〈銅鑼灣之夜〉六首中的作品，可見黃河浪對於香港銅鑼灣「都市空間」的認知，就是在此「都市空間」中的「他者」呈現一「追趕時間」的急迫感，而「他者」群彷彿「追趕時間」的活動也形構了此地空間的「空間感」，作為黃河浪詩中的「空間意識」而被呈現。

（二）作為人類「他者」的象徵與都市空間感

　　除了直接描述人類「他者」的身體空間及身體活動來揭示黃河浪所意識到的「都市空間」外，黃河浪會間接地利用「物」作為人類「他者」的呈現。「物」原本也是「自我以外的他者」，是可以被意向到並轉化為創作材料的可能，如狄爾泰說：「個體從對自己的生存、物件世界和自然的關係的體驗出發，把它轉化為詩的創作的內在核心[37]。」對物件的世界或對自然的關係的體驗都可以轉化為詩的內在核心，被體驗、被意向並且深刻的表達出來，然在黃

---

[36] 黃河浪：〈東區走廊〉，《香江潮汐》（香港：天馬圖書，1993 年 6 月），頁22。

[37] 狄爾泰：《詩的偉大想像》，轉引自劉小楓：《詩化哲學》山東文藝出版社，1987 年，頁 168。

河浪《香江潮汐》中，他則會以對「物」的想像活動來代替人類的活動，凸顯出人類在詩中特定空間中活動的特殊性，如〈午間街景〉：

> 漢堡包檸檬茶
>
> 狼吞虎嚥
>
> 逃出杯碟的敲擊樂
>
> 到不廣的廣場
>
> 尋找春雨江南的詩篇
>
> 看水泥縫中
>
> 掙扎出哭泣的杜鵑
>
> 被肢解的榕樹
>
> 舉著抗議的獨臂
>
> 立在天橋邊
>
> 吹口氣回去
>
> 用滴滴答答的打字聲
>
> 伴奏滴滴答答的雨點
>
> 日流淚的冷氣機

吐出一個

風濕的春天[38]

這首詩中沒有直接敘述人類「他者」的形象，但透過「漢堡包」、「檸檬茶」、「杜鵑」、「榕樹」、「打字聲」、「雨點」、「冷氣機」烘托出黃河浪所意識到的都市中人類狼吞虎嚥的午餐時間、人類破壞自然的都市空間，以及讓人類感覺春天濕熱的都市空間。雖然片段，但透過「物」的架構，撿拾出片段午間的都市空間感受出來。相較於午間的都市空間，〈紅燈區之夜〉則呈現了夜晚的都市空間特色，其第二、第三段：

朦朧的燈光吐出

夭桃的色彩

在深夜

釀造一片春意

招引蜂蝶齊來

香檳的噴泉化雨

滾燙的音樂搖擺

---

[38] 黃河浪：〈午間街景〉，《香江潮汐》（香港：天馬圖書，1993 年 6 月），頁 12-13。

　　昨天已生鏽

　　明日長滿青苔

　　今宵醉去　今宵

　　沉入深深的慾海

　　不醒的夢裡

　　捉住一片雲彩[39]

雖然我們可以將第三段最後四句當成主詞省略的用法，然前面「燈光」、「夭桃的色彩」、「春意」、「香檳的噴泉化雨」、「滾燙的音樂搖擺」都是用「物」的形態、變化來象徵人類「他者」的活動以及意識感受，用「物」的現象呈現刻劃出人類「他者」在此空間中活動以及「空間」人化的現象。類似此方式的書寫策略還有〈球場黃昏〉、〈藝術中心〉，多是收錄在組詩〈灣仔拾零〉中的作品，或許當時黃河浪正嘗試這種用「物」的形象變化，來呈現人類活動所產生的空間感之書寫策略。但很明顯呈現了一定的藝術效果，也鮮明地呈現出其所表述的特殊都市空間感。

---

[39] 黃河浪：〈紅燈區之夜〉，《香江潮汐》（香港：天馬圖書，1993 年 6 月），
　　頁 14-15。

結語

　　黃河浪是善於在詩中隱藏自我的詩人，然詩又是自我「道說」的有式[40]，是顯示出自我、讓他者聽、他者看的方式，於是我們在黃河浪詩中看見黃河浪透過「他者」的形象和活動揭示其「自我」的意識。

　　在《香江潮汐》這本以描寫「香港」為明確主題的詩集中，我們以「香港空間」作為討論的核心，觀察黃河浪詩中香港多面向的地理空間特色，可大致區分為自然空間和都市空間。然這兩大類的空間表述中，都是透過人類「他者」的活動，使「空間」被意識到，使空間意識化，空間被「人化」而具有「空間性」或「空間感」並在詩中呈現出來，而黃河浪也會用「物」的形態與變化來呈現人類活動，進而作為「空間人化」的空間感呈現。另一方面，在都市「空間」的人化敘述中，我們也可以看見人的「都市空間化」。如〈上班族〉中，這些都市人最後被「都市空間」隱喻形塑成「公仔」，就是相當鮮明的人類「都市空間化」。因此雖然黃河浪在其「空間

---

[40] 參見海德格著，孫周思興譯：《走向語言之途》（臺北：時報，1993 年），頁 172。

書寫」的詩作中隱藏了「自我」的直接敘述，但黃河浪透過「空間」中的「他者」，仍為我們展現了豐富的「香港空間」書寫。冀希從本書的論述，能夠使我們對詩作中「他者」與「空間」的書寫關係有更澄明的發現，並且在此研究基礎上，對「空間書寫」的研究與創作，能有更多開拓的可能。

發表於「承傳與創新──文化研究國際演討會」

空間的想像與詮釋：

論黃河浪《披黑紗的地球》旅遊詩中的時空想像

摘要

在黃河浪的詩中，我們可以看見想像與時間於空間的指涉中「共現」，這也在黃河浪的旅遊詩寫作中，豐富旅遊空間意涵，對旅遊空間意義充實的寫作特色。故此文欲從這些多層次的視角來討論黃河浪《披黑紗的地球》中空間的想像與詮釋，分為歷史時間、虛構的文學時間、人物想像等子題進行討論，希望對於詩人體驗旅遊空間的時空轉化以及空間的時間性表述能有更深刻的認識。

旅遊詩中多層次視角的空間觀察

　　旅遊是主體在空間中移動，從原有的生活空間抽離出來，被重新安置在新的陌生空間，主體意識必須重新體驗並認識自身所處的空間，從空間中認識自己的所處，如王浩翔說：「旅人在旅程中凝視，也是一種自我主體建構的鏡像階段過程。在旅遊書寫裡，詩人藉由身體感官上的凝視，在空間的移動中，進行與世界的對話、辯證，物我之間遂產生相對的位置，於詩人的內在心象之情意活動內，形成緊張、矛盾或是平衡、和諧的關係[1]。」換言之，旅遊是主體透過身體感官，在空間的移動中重新認識物我距離，以及自我的位置，藉以澄明自我意識的手段之一。因此在旅遊當中，詩人總是意向著客體空間、詮釋著客體空間，在旅遊短暫的體驗瞬間中，詩人的主體意識相當緊密地投射在旅遊的客體空間上，在詮釋旅遊的客體空間同時也明晰詩人的自我意識。

　　但空間的特性並不能夠在一瞬間就被完全掌握的，蘇宏斌以掌握「桌子」這個物品為例：「意識並不是在一瞬間完整地把握對象

----

[1]　王浩翔：《臺灣現代詩旅遊書寫研究》，國立成功大學中國文學研究所碩士論文，2008 年 6 月，頁 33。

的，以對一個桌子的觀看為例，最多只有三個面能夠同時顯示給意
識，只有不斷變換視角才能看到其他的側面。因此，意向對象在每
一瞬間都處在過去和未來的意向內容的包圍之中，這使它似乎處於
一個暈圍之中，過去的意向逐漸變得黯淡，而未來的意向則逐漸明
亮起來[2]。」蘇宏斌指出，意識必須在時間流中不斷轉換視角，才
能夠掌握到空間物的全貌。同樣，表述旅行的客體空間也需要不斷
轉換視角，透過多層次視角的表述，才能使空間在意識中被掌握、
表現出來。然而胡塞爾指出我們可以透過「聯想」去意向到空間作
為共同當下的共現[3]，聯想拓展了詩人對於旅行空間的掌握和表
述，胡塞爾在此指出的是對於當下空間聯想的視角，使未被感知到
的空間也能呈現出來。然而透過聯想，也可以掌握空間的時間性[4]，
這也就是現象學中所重視的「內在時間意識」對於經驗對象連續性
的建構，如洪漢鼎言：「……內在時間意識有著雙重的意向性，一
方面，它滯留著它自己的先行當下，以及前攝了它自己的未來，建
立一種原初的自我同一，另一方面，它又建立了被經驗對象的連續

---

[2] 蘇宏斌：《現象學美學導論》（北京：商務印書館，2005 年 9 月），頁 84。

[3] 胡塞爾著，倪梁康、張廷國譯：《生活世界現象學》（上海：譯文出版，2002
年 6 月），頁 190。

[4] 因為從空間的認識可知，它現在存在並且過去存在，它持續著和變化著，
在這種細微的綿延差異中，它顯現了時間性。可參考胡塞爾著，倪梁康譯：
《現象學的觀念》（上海：譯文，1986 年 9 月），頁 57。

性，也就是對象成就為在時間中展現出來的經驗[5]。」換言之，透過內在時間意識的體驗與對時間的想像，也可以使空間的時間性當下「共現」出來，故此文欲從這些多層次的視角來討論黃河浪《披黑紗的地球》中空間的想像與詮釋，分為歷史時間、虛構的文學時間、人物想像等子題進行討論，希望對於詩人體驗旅遊空間的時空轉化以及空間的時間性表述能有更深刻的認識。

「空間─歷史」的時空想像

海德格說：「歷史主要不是意指過去之事這一意義上的『過去』，而是指出自這過去的淵源[6]。」當詩人在表述此在空間的歷史性時，其實是追索此在空間、在時間面向的特性，也就是其時間性；是故如李紀祥所說：「『歷史』顯然是一種人類進行『古今共在』性的活動或存在；換言之，『歷史』揭示著人類存在的『古今並存』與『古今共在』之本性，而『歷史敘述』則為其提供了場域[7]。」

5　洪漢鼎：《重新回到現象學的原點：現象學十四講》（臺北：世新大學，2008年），頁 175。

6　海德格著，王慶節、陳嘉映譯：《存在與時間》（台北：桂冠，1994 年 8 月），頁 500。

7　李紀祥：《時間‧歷史‧敘事──史學傳統與歷史理論再思》（台北：麥田，

在詩中對於旅遊空間的歷史敘述，是出自於詩人對於當下空間特性的掌握以及對「古今共在」的體驗，然而這種歷史時間的想像與體驗，在本質上就是詩人從空間的體驗中表述出個人生命的存在意識，這尤其是中國詩人的特色，如劉若愚說：「我們在中國詩裡不僅看出一種在時間中的敏銳的個人存在意識，而且也看出一種強烈的歷史感覺……中國人對歷史的感覺，其方式很像他們對個人生命的感覺一樣……[8]。」中國詩人慣於透過「古今共在」的空間以及「古今差異」的人事變化，凸顯出個人生命的當下存有，如黃河浪〈牆與橋〉這首詩：

　　曾以冰寒徹骨的絕望

　　烙在死囚脊背上

　　巴士底監獄黑色的牆

　　被染血的額頭咚咚撞擊

　　終於轟然崩塌之後

　　獲得自由的牆石，砌成

　　塞納河上光明的橋

　　跨越歷史，到對岸

2001 年 9 月），頁 82。

[8]　劉若愚：《中國詩學》（台北：幼獅，民 66 年），頁 82。

樹立過斷頭臺的廣場

看成群白鴿悠然踱步

正啄食兒童清澈的笑聲

和甜橙味的陽光[9]

這首詩以當下「塞納河上光明的橋」及周遭空間作為黃河浪所體驗並表述的客體空間，砌橋的石頭是由監獄牆石拆下來的，藉著「牆石」在時間中的綿延來體驗歷史、體驗空間的時間性。柏格森指出：「真正的綿延乃是啃噬事物的綿延，並且在事物身上留下齒痕。[10]」綿延在牆石上留下痕跡，從隔絕死囚的監獄牆石轉變成「跨越歷史」的橋。此詩分前後兩段，前段寫往昔的歷史時間牆石拘限死囚的自由，後段寫當下的空間體驗，從這兩段的敘述中可看見「空間—歷史」的時間結構，然而第一段又可細分為兩個較細微的時間，可以下表呈現：

---

[9]　黃河浪：〈牆與橋〉收錄於黃河浪：《披黑紗的地球》（香港：大世界，2008年9月），頁39。

[10]　柏格森（Bergson, Henri）著，諾貝爾文學獎全集編譯委員會譯：〈創化論〉收錄於《柏格森》（台北：書華，1981年），頁80。

	歷史時間（第一段）		當下時間（第二段）
詩句	曾以冰寒徹骨的絕望 烙在死囚脊背上	巴士底監獄黑色的牆 被染血的額頭咚咚撞擊 終於轟然崩塌之後	獲得自由的牆石，砌成 塞納河上光明的橋 跨越歷史，到對岸
時間 意涵	牆石還砌在巴士底監獄 的圍牆的歷史時間點	牆石倒塌的歷史時間點	牆石被砌成橋的當下

　　此詩透過「牆石」所經歷的綿延，以前後兩段迥異的時間進行敘事，最後以「看成群白鴿悠然踱步／正啄食兒童清澈的笑聲／和甜橙味的陽光」烘托出當下時間的自由與美好，也見證了空間在時間流中的綿延差異。

　　而〈柏林牆〉雖同樣與〈牆與橋〉相似，都是以建築物的空間聯想到歷史時間的視角，然「柏林牆」在時間流中的綿延卻僅是倒塌崩毀，而非改建成橋，因此黃河浪對於「柏林牆」的意向表述為：

　　牆倒下
　　柏林站著
　　所有殘壁都成為歷史
　　所有的歷史只不過是
　　斷牆[11]

---

[11] 黃河浪：〈牆與橋〉收錄於黃河浪：《披黑紗的地球》（香港：大世界，2008

詩中當下所見的僅是倒下的斷牆，但因為此在空間的歷史時間特性，讓詩人聯想過去時間與當下的差異，進而興起歷史之感，最後用「牆倒下／柏林站著」作為時間流中歷史與當下的空間見證，黃河浪當下所憑弔的並不只是斷牆的空間，而是被黃河浪所意義充實的歷史意涵[12]，形成「空間─歷史」的歷史象徵，才有「歷史＝斷牆」的認知，將斷牆的空間與抽象歷史意涵聯繫起來，正如同巴赫金所說：

> 時間、情節、歷史的運動之中。時間的標誌要展現在空間裡，而空間則要通過時間來理解和衡量。這種不同系列的交叉和不同標誌的融合，正是藝術時空體的特徵所在。[13]

在時間流、人事的情節以及歷史的發生，本質上都是抽象的時間展現在空間中，或者說從空間的差異看見時間的綿延，因此要掌握空

年 9 月），頁 47。

[12] 李幼蒸說：「客體的原初質料特性在意向作用的作用下可呈現種種意義內容。一般來說表達記號這個知覺物正是通過意向作用『激活』（erregt）而被賦予意義的，這也記受所謂意義充實行為。」顯然，斷牆在這裡是為詩人黃河浪通過意向作用「激活」而賦予了歷史意義。見李幼蒸：《語義符號學──意義的理論基礎》（台北：唐山，1997 年 3 月），頁 155。

[13] 錢中文主編：《巴赫金全集》第三卷（山東：河北教育出版社，1998 年 6 月），頁 275。

間的特性，或在藝術中呈現空間的敘述，都無法不抽離出時間的
視角。

在〈柏林牆〉中，黃河浪表述了「歷史＝斷牆」的認知，然而
〈銷煙池的荷花〉這首詩又表述了歷史的另一個面向：

> 江水已經退得很遠了
>
> 潮聲時隱時現，如一隻白鳥
>
> 從昨夜濃霧中飛出來
>
> 尋找，當年沸騰的銷煙池
>
> 竟開滿亭亭玉立的荷花
>
> 在碧水中照見自己的前生
>
> 風捉住柔軟的柳枝盪鞦韆
>
> 又牽著荷葉的裙子旋轉
>
> 一群少女跳起了荷花舞
>
> 歷史是一位幽默的詩人
>
> 從阿芙蓉的污泥中
>
> 脫胎出纖塵不染的水芙蓉[14]

---

[14] 黃河浪：〈銷煙池的荷花〉收錄於黃河浪：《披黑紗的地球》（香港：大世界，
2008 年 9 月），頁 83-84。

黃河浪此詩對歷史遺跡銷煙池此空間的時間感知，是由當下的時間流先認知的，故此詩一開始言：「江水已經退得很遠了／潮聲時隱時現，如一隻白鳥」，先從江水退去從江水具體的消漲變化表現抽象的時間，繼而用必須在時間中被感知的聲音來敘述時間[15]，將對空間的感知轉化為對時間的意向後，繼而從時間的感知轉變到對歷史時間的敘說，並且表述了歷史與當下的差異：「當年沸騰的銷煙池／竟開滿亭亭玉立的荷花」，不同的時間點裡有截然相反的現象，美麗的荷花與醜惡的阿芙蓉形成鮮明的對比，卻又處於同一個空間，彷若阿芙蓉是荷花的前生。黃河浪在此詩第三段花了三行的篇幅形容當下銷煙池荷花的美，藉以強化對於歷史時間中沸騰的銷煙池之醜惡，在今昔的敘述辯證中，凸顯出歷史時間與當下時間的巨大差異，故從此景得到「歷史是一位幽默的詩人」的認知；然而比較〈柏林牆〉和〈銷煙池的荷花〉兩首詩，雖然都是對「歷史」下定義，但因為詩中空間對詩人所開放的時間性並不相同，因此對於歷史即產生了不同面向的解讀和隱喻。

---

[15] 呂怡菁說：「連續的聲音在本質上應該是在時間之中流逝的，是必須在時間之中被感知的。」時隱時現的聲音，本質上也是連續在時間流中被感知的。見呂怡菁：《流動與靜止──從空間感知方式論「神韻」詩朦朧間隔的審美特質》（臺北：花木蘭出版社，2007 年 3 月），頁 73。

　　例如〈直布羅陀〉、〈炮臺旁的榕樹〉、〈崇武古城〉這幾首詩所
描寫的空間，在歷史時間中都曾經發生過戰爭，因此黃河浪描寫這
些空間時，都會從歷史時間中的戰爭來凸顯出空間的時間特色。且
看〈直布羅陀〉這首詩：

> 蒼黑如鐵的山崖
> 乃是挾風雷而至的
> 一柄巨斧
> 一支骨節嶙峋的大手
> 緊緊扼住
> 地中海的咽喉
>
> 千百年的血染紅
> 越海而來的箭矢
> 踏浪而去的馬蹄
> 潮水翻騰著勇士悲歌
> 大風撕裂了海盜旗幟
> 遍體鱗傷的礁石
> 在靜聽歷史的濤聲

　　一群飽食終日的猴子

　　蹲坐山頭，虎視煙水之外

　　伸手可及的非洲[16]

這首詩第一段用明喻、隱喻先烘托出了直布羅陀的戰略位置，直接
向敘述轉移到歷史的戰爭上去，第二段「千百年的血……」點出
了戰爭在此空間的恆久歷史，黃河浪加強了戰爭的敘述，將戰爭意
象附加在海浪、潮水、大風的自然景象中，而海浪、潮水的消漲和
大風的流動本身就具有時間性，王隆升認為和風的悲鳴，是登臨懷
古詩作常見、常聽的景象音聲[17]。雖然我們無法從此詩判斷出是
否為登臨之作，但可以藉此確認海潮和風在詩中是具有懷古的時間
性象徵，海潮消漲和風流動的時間性，會引發詩人對於歷史的聯
想，但「大風撕裂了海盜旗幟」宣告了戰爭的歷史時間結束，對應
著最末段「一群飽食終日的猴子／蹲坐山頭……」描寫當下時間點
空間的和平與閒適。簡政珍說：「詩人所觀照的不僅是個人的過去，
還是所處時空的歷史。歷史感的意義是：詩人經由『過去』而在『現
在』中找到立足點[18]。」黃河浪對於歷史的描寫也同樣是為了在當

---

[16] 黃河浪：〈銷煙池的荷花〉收錄於黃河浪：《披黑紗的地球》（香港：大世界，
　　2008 年 9 月），頁 61-62。

[17] 王隆升：《唐代登臨詩研究》（台北：文津，1998 年），頁 120。

[18] 簡政珍：《詩心與詩學》（台北：書林，1999 年），頁 85。

下找定位，透過對於歷史戰爭的殘酷無情，辯證出當下所處的直布
羅陀的這個空間的和平與閒適。相較於西方直布羅陀的戰場，對
於中國詩人黃河浪的精神距離而言相當遙遠，因此〈直布羅陀〉此
詩在當下的時間能顯得和平閒適，描寫中國古戰場的詩〈炮臺旁
的榕樹〉及〈崇武古城〉就顯得沉重悲痛許多，如〈炮臺旁的榕
樹〉：

　　陽光的瀑布沖洗歷史

　　舊石牆上再也找不到

　　血寫的恥辱和悲憤

　　小孩子騎在古炮上照相

　　一朵花笑出了十里陽春

　　誰在俯首沉思

　　山崖下江濤煮沸的日月

　　石階勇士踏出的足印

　　唯有岸邊蒼蒼老榕樹

　　被彈片和風雨反覆雕刻

　　額頭的皺紋

　　心頭的傷痕

刻成深入骨頭千年不滅的

甲骨文[19]

伍至學曾引克羅齊之語說每一種真正的歷史都是當代史,克羅齊試圖以當代的視域重構史實[20]。而事實上,我們都是以當代、當下的視域去認知歷史,黃河浪這首〈炮臺旁的榕樹〉從當下的空間景色的視域出發,特意將空間景色都附加上歷史的意涵。黃河浪從當下的視域對古戰場炮臺等空間賦予戰爭的歷史意涵,又以「小孩子騎在古炮上照相」鮮明地反諷出今昔的差異,象徵在詩人視域裡的歷史空間徵象被當下否定,但黃河浪以當下空間中植物「老榕樹」的姿態、形貌,隱喻自我對於戰爭歷史的認知不因時間而淡化,有著濃厚的悲傷情感,故這首詩是一首典型的懷古詩[21],是從當下視域所意向到的歷史空間,轉化為歷史意識以及對歷史悲深層悲嘆情感的一首詩。

---

[19] 黃河浪:〈炮臺旁的榕樹〉收錄於黃河浪:《披黑紗的地球》(香港:大世界,2008 年 9 月),頁 82-83。

[20] 伍至學:《人性與符號形式》(臺北:台灣書店,1998 年 3 月),頁 124。

[21] 廖振富指出:「懷古則是憑弔古蹟,觸景生情,撫今昔而生悵懷。」見廖振富:《唐代詠史詩之發展與特質》,國立臺灣師範大學國文研究所 1989 年碩士論文,頁 8。

雖然〈崇武古城〉也是一首對歷史時間中戰爭意象的懷古詩，
但因為所表述的空間與〈炮臺旁的榕樹〉不同，〈崇武古城〉所表
現出來對戰爭的感覺更多時間流逝的體驗，此詩第一段：

> 海灘的碎石，已被
> 翻騰不息的浪磨成沙子
> 小城仍蕭立崖岸
> 聽千百年喧嘩潮聲
> 搓揉著
> 漸漸泛白的記憶[22]

黃河浪擅於從空間帶出時間性，從海灘空間「碎石→沙子」的變化
過程，將空間千百年來的時間感呈現出來，除了「碎石→沙子」的
變化外，「千百年喧嘩潮聲」也從海水消漲、聲音喧嘩表現對長久
時間的指涉，然而第一段從空間轉換為對時間的敘述，第二段繼而
從時間轉換為對過去戰爭的陳述：

> 風過，冷過
> 血過，火熄

---

22 黃河浪：〈崇武古城〉收錄於黃河浪：《披黑紗的地球》（香港：大世界，2008
年9月），頁89。

> 刻著深深傷痕的古牆
>
> 已被細心修葺
>
> 而石縫卻迸裂出
>
> 白鳥驚飛的消息……[23]

第一句「風過，冷過」猶是從風和氣溫的變化指涉時間，第二句「血過，火熄」則帶出過去戰爭情況的表述延伸到下一句「刻著深深傷痕的古牆」，然後此詩從這一句開始，展開對崇武古城空間中過去戰爭的時間想像，最後此詩確認了戰爭的血腥與戰爭已是陳年的往事道：

> 冤魂、白骨
>
> 斷刀、殘戟
>
> 都已沉埋荒草
>
> 或被滾滾寒濤捲去
>
> 只剩這座凜然不動的
>
> 石城，虎踞高崖上
>
> 閱盡亙古動盪的滄海

---

[23] 黃河浪：〈崇武古城〉收錄於黃河浪：《披黑紗的地球》（香港：大世界，2008年9月），頁89-90。

萬里歸來的帆影

自天際……[24]

此詩透過戰爭的人事對照恆久不變的古城空間，顯現出物是人非的時間感受；而黃河浪對古城的移情，從古城「虎踞高崖上」的視角進行表述，彷彿古城從時間流當中抽離出來觀察「閱盡亙古動盪的滄海／萬里歸來的帆」，更能使讀者體驗到時間流逝的感慨。綜觀此詩，寫出黃河浪所想像的歷史時間中輝煌、血腥的戰爭也無法抵擋時間的流逝，如鄭振偉所說：「懷古即『情動於中』的具現。一切人為的事物（繁榮），都抵受不了時間的洗禮（衰敗），詩人所俯仰的天地和所感受的時間，方是永恆（無限）。詩人在有限的生命中所體現的古今朝暮生死，都是永恆時間的具體尺度[25]。」黃河浪〈崇武古城〉此詩明顯對於時間流逝、人事變遷的感慨，勝過對於歷史時間中戰爭的歎噓。

---

[24] 黃河浪：〈崇武古城〉收錄於黃河浪：《披黑紗的地球》（香港：大世界，2008年9月），頁91-92。

[25] 鄭振偉：〈懷古詩的開端結尾研究──李白相關作品的分析〉收錄於《意識・神話・詩學──文本批評的尋索》（北京：中國社會科學出版社，2005年3月），頁177。

「空間─虛構」的時空想像

　　黃河浪在詩中表述其所感知的旅遊空間時，會因為旅遊空間的
特色而讓他聯想到其他文本、傳說的時空，藉此充實對空間的感知
意涵，這可說是一種互文聯繫，余境熹曾引羅蘭·巴特語說道：「文
本乃一容納各種非原始寫作的多維空間，是由各種訊息、回音和文
化語言交織而成的，因此在閱讀一部作品時，按篇中的設置，讀者
或會記起先前的文本並觸發豐富的聯想[26]。」透過文本的互文聯
繫，讓詩中所表述的旅遊空間複合了另一段文本的時空，不但豐富
了詩的內容，也凸顯出所表述的客體空間之特色，如〈巴黎聖母院〉
這首詩，詩末：

　　　有人攀到高高的鐘樓上
　　　尋找駝背怪客的足跡

---

[26] 轉引余境熹：〈黃河浪散文的接收延緩美學〉收錄於香港大學中國文化研究
　　會主辦：《國際黃河浪文學創作研討會》2010 年 10 月 30 日，頁 3。

> 卻拾不回散落風雨中
> 發燙的鐘聲[27]

此段特意將巴黎聖母院的空間與〈鐘樓怪人〉的故事時空混淆複合表述，使詩中巴黎聖母院的時空情境產生一種真實與虛幻交雜的感受，同樣相似的詩還有〈萊茵河〉，此詩末段：

> 而在浪花濺雪的礁石上
> 女妖羅麗萊濕漉漉的
> 歌聲，仍像烈酒
> 媚惑著年輕的水手
> 沉睡不醒[28]

〈萊茵河〉此詩和〈巴黎聖母院〉一詩的結構相當接近，全詩皆分三段，在最末一段接入與所敘述空間能相呼應的文本虛構之時空角色，使詩中欲表述的空間充滿神奇迷幻的時空色彩，同時又使讀者透過對其他文本的聯想使詩中欲表述的空間能夠更加鮮明，這也是黃河浪的詩作中特有的「空間—虛構」想像與表述方式。

---

[27] 黃河浪：〈巴黎聖母院〉收錄於黃河浪：《披黑紗的地球》（香港：大世界，2008 年 9 月），頁 43。

[28] 黃河浪：〈萊茵河〉收錄於黃河浪：《披黑紗的地球》（香港：大世界，2008 年 9 月），頁 45。

「空間─人物」的人物想像

前文提及「空間─歷史」和「空間─虛構」的時間想像，都是因為詩中所表述的旅遊空間本身具有歷史特色或者虛構的文學、傳說特色而來，透過空間本身具有的特色而進行陳述，使對空間的認知以及意義充實能更加澄明，而亦有某些空間具有特定的人物特色，因此黃河浪從對空間的感知轉換為與空間相關人物的想像以及人物存在的時間想像，例如〈塞萬提斯廣場〉：

歲月賜予的白髮銀鬚

使炎炎烈日也變得溫柔

當年的囚徒推開圍牆

坐到比國王更高的位置上

生前窮得只剩下一枝鵝毛

死後的尊榮能否預支？

而你的眼中滿含悲憫

目送孤高的騎士，疲憊的瘦馬

拖著長長的影子走過歷史
長矛上挑著搖搖欲墜的夕陽

苦難如刀斧雕塑人生
塞萬提斯，因你就座
廣場的胸襟擴展到地平線
紀念碑的手探入青空
巍然舉起
一個民族的高度[29]

雖然這首詩的題目是「塞萬提斯廣場」，但黃河浪主要意向到的卻
是作家塞萬提斯這個人，「塞萬提斯廣場」這空間成為詩人意向塞
萬提斯的中介，詩中主要敘述的時空轉換到詩人所意向到的塞萬提
斯及其時空，而第二段顯然又以塞萬提斯的作品《唐吉歌德》裡的
騎士作為敘述對象。換言之，此詩從「塞萬提斯廣場」的空間引發
出對塞萬提斯這個人物及其時空的第一層聯想，又從以「塞萬提斯」
為中心的第一層聯想引發出對其作品《唐吉歌德》的第二層聯想，
這樣的聯想也是如前文所提的互文聯想，豐富、充實了對塞萬提斯

---

[29] 黃河浪：〈塞萬提斯廣場〉收錄於黃河浪：《披黑紗的地球》（香港：大世界，
2008 年 9 月），頁 53。

及塞萬提斯廣場的指涉意涵，而詩中對騎士唐吉歌德的敘述也映射到塞萬提斯身上。

綜觀此詩，總共有兩個主要空間，一個是「塞萬提斯廣場」，一個是《唐吉歌德》的文本空間，李清筠指出：「空間是人一切活動發生的場所，因此，空間的記錄，就呈現了人經驗活動或心志活動的內容[30]。」空間不但是人活動發生的場所，在文學作品中，空間是被人所指涉的，被人所意義充實的，因此，空間具有人的性質。此詩兩個空間，其中「塞萬提斯廣場」是透過紀念碑將塞萬提斯的形象想像構築出來，而《唐吉歌德》的文本空間則是透過騎士唐吉歌德的活動，呈現黃河浪對塞萬提斯的想像，當詩中從兩個空間烘托出塞萬提斯的形象後，此詩仍回歸到「塞萬提斯廣場」空間的主題，並且用「紀念碑的手探入青空／巍然舉起／一個民族的高度」這樣的句子將空間的敘述提升到民族的高度，可見黃河浪在此詩中亟欲表現對空間表述的企圖心。

而〈嚴子陵釣臺〉這首詩從具有人物「嚴子陵」特色的空間，轉化為黃河浪個人所想像建構的隱者，雖然此詩所敘述的空間仍是「嚴子陵釣臺」，但詩的主要內容已轉為對人物的想像虛構，可以說是空間的人物化：

---

[30] 李清筠：《時空情境中的自我影像：以阮籍、陸機、陶淵明詩為例》（台北：文津，2000 年），頁 109。

不必問，百丈懸崖上
如何垂釣江中的魚
峭壁無言，請人讀
鎖在青苔裡的詩句

那隱者撥開迷霧，醒來
從髮梢梳落幾粒晨星
將花瓣輕輕拂下袖口
向隔江相守千年的青山說
你不走，我也不走

蒼松展臂釣漫遊的鳥
翠竹彎腰釣自己的影子
坐在釣臺的人不是漁夫
他釣的是
城牆宮牆都關不住的
一朵雲[31]

---

[31] 黃河浪：〈嚴子陵釣臺〉收錄於黃河浪：《披黑紗的地球》（香港：大世界，
2008 年 9 月），頁 74-75。

此詩前兩句簡單地表述空間是「百丈懸崖」，此外就是黃河浪從此
具人物特質的空間所延伸出來的想像，黃河浪想像一個符合嚴子陵
的隱者形象，並藉由敘述這樣一個隱者形象的人來表述詩人所認知
的空間，這樣一個隱者形象並不是一個真正的人，從他「向隔江相
守千年的青山說／你不走，我也不走」就可得知，這個隱者形象的
本質上就是不會移動的「嚴子陵釣臺」自然空間所展現的人格意
志，但這個隱者也可以是人，是追求自由在此活動的隱者。如詩末
言：「他釣的是／城牆宮牆都關不住的／一朵雲」，這首詩從空間特
質聯想到人物的活動，繼而從人物活動引發出隱者對自由、不受拘
束的想像；這首詩所描寫的「嚴子陵釣臺」自然景物空間，本質上
卻是一個有人類主體性的「存在空間」，潘朝陽說：「所謂的『存在
空間』須由『內在』的『主體性』來肯定、展現，所以此空間的內
蘊，不是幾何的點、線、面之『外在性』就可含括。當然，此亦非
指謂『存在空間』無幾何之點、線、面構成。乃是說『存在空間』
是依此空間內『主體人』之異易活動和創造而形塑建構，若抽離掉
人之意義活動創造，則外緣的幾何性將無『存有性』價值可言[32]。」
如潘朝陽所說，如果詩中的空間僅為點、線、面之構成，而沒有人
類「在⋯⋯之中」的「內在」的主體性在空間裡的話，就沒有「存

---

[32] 潘朝陽：〈現象學地理學──存在空間的一個詮釋〉收錄於《中國地理學會
刊》，第 19 期，1991 年 7 月，頁 74。

有性」價值可言，也沒有被詩所表述的價值，而〈嚴子陵釣臺〉在空間表述中，被作者映射出一個人類形象的主體活動其間，在空間的「人類化」過程中，凸顯出作者對於此空間書寫的意義創造以及意義充實的書寫活動。

「空間─物」的時空想像

史作檉說：「所謂空間，就是使一切觀念或事物得以呈現之可能性。空間，即表達。一切事物的存在，都必以表達的方式呈現著。不論是具體的事物也好，還是抽象之概念也好，其得以呈現之可能方式，即表達[33]。」所以空間的本質是呈現觀念以及空間之事物，也就是空間表達具體物，將具體物呈現在我們的視域當中，但詩對於空間中的具體物之表述不僅於此，還必須從具體物當中找出詮釋的視角，加以想像、詮釋表述出作者給予的指涉意涵，在《披黑紗的地球》中，如〈斷臂的維納斯〉這首詩：

白色大理石滑如凝脂
無助地立於羅浮宮中

---

[33] 史作檉：《空間與時間》（新竹：仰哲，1984 年 10 月），頁 156。

一尊受傷的神，維納斯
鍍金的觀音有千手
你只有一雙斷臂

膜拜的眼光再溫柔
也撫不平你的傷痕
誰曾聽見臂膀折斷時
那聲痛徹肝腸的呻吟

自古希臘神話中姍姍步出
仍以迷離的眼神，懷念
錚錚錚手拂琴弦的月夜
而失去的斷肢無法再植
美是永恆的殘缺[34]

若我們言〈嚴子陵釣臺〉是空間的擬人，這首詩則是將「空間物」
的維納斯雕像擬人化，從移情的角度設想斷臂的維納斯女神如人一
樣會感到傷痛，她的時間性是從希臘神話的時空中延續而來，黃河
浪並設想女神懷念雙臂健全拂琴的時間點作為今昔的對照；雷可夫

---

[34] 黃河浪：〈斷臂的維納斯〉收錄於黃河浪：《披黑紗的地球》（香港：大世界，
2008 年 9 月），頁 37。

認為擬人化是人類自身動機的延伸，用人類的術語使事物具有意義。[35]在這首詩中的擬人化也是為了滿足作者對於被擬人對象（事物）的同情與對美的辯證，黃河浪想像神話的時空與當下延續綿延，在此被虛構的時間流中，女神由神話時空中出走並且斷臂，去證成詩中的同情、痛楚與對於「美是永恆的殘缺」的指涉，而我們在「美是永恆的殘缺」中亦可證明黃河浪所指涉的美在時間流中，是如同希臘神話時空綿延到當下幾近永恆的美。

〈斷臂的維納斯〉是透過移情擬人的空間想像轉化為對時間永恆的指涉，而〈景德鎮千年古窯〉似乎也是透過移情的擬人，將表述物象徵化，作為對今昔時間相較的意向活動：

面對著一堆泥土

你就是上古的神──女媧麼？

從溫柔的掌心旋轉而出

經靈巧的手指輕撫細捏

這泥胎，在古窯的母腹中

成孕，等待降生

---

[35] 參見雷可夫（George Lakoff）、詹森（Mark Johnson）著，周世箴譯：《我們賴以生存的譬喻》（台北：聯經，2006 年），頁 61。

> 一千三百度熱風的擁抱
>
> 七日七夜火舌的狂吻
>
> 竟如千年之煎熬和修練
>
> 爐門開處，出窯的
>
> 仍是一具腰纏青花牡丹的
>
> 古典瓷瓶呢
>
> 或者經窯變而脫胎換骨的
>
> 現代中國[36]？

〈景德鎮千年古窯〉所表述的空間為景德鎮千年古窯、泥胎以及古典瓷瓶物的空間；此詩用問句的方式將古窯比喻為捏土造人的女媧，用來隱涉古窯造器如女媧造人，此詩由古窯火烤表述出泥胎變化成瓷瓶的時間，這時間是「七日七夜火舌的狂吻」，而黃河浪用「千年之煎熬和修練」的比喻誇飾了「七日七夜火舌」烈火歷練的時間，以表現出在這段時間內泥胎變化成古典瓷瓶的艱苦過程。然而這首詩更強調的是從「物—土胎」經過時間性的變化，所徵象的仍是「古典瓷瓶」或者可以成為「現代中國」的時空徵象，黃河浪

---

[36] 黃河浪：〈景德鎮千年古窯〉收錄於黃河浪：《披黑紗的地球》（香港：大世界，2008 年 9 月），頁 71。

從景德鎮千年古窯「物的空間」轉化為時間的歷練，以及今昔中國徵象及空間的對照，可見此詩意指深邈，想像極為豐富。

結語：想像與時間的共現

　　從以上對於黃河浪《披黑紗的地球》旅遊詩中所見對空間的詮釋與想像，可以看見黃河浪在描寫空間的視角，多從對空間的想像轉化成時間的指涉，使時間成為在意向空間時的一個可見的視角，如陳清俊所說：「時間可以表現空間，空間亦可以描繪時間，時間中可以融入空間，空間裡亦可以包納時間；時空原非彼此對立，而是相互開放、相互圓成的系統[37]。」空間可以是意向時間的一個視角，時間也可以是意向空間的一個視角，在彭聃齡編的《普通心理學》中，亦提及：「時間知覺與空間知覺又有密切的聯繫。人們對空間的知覺有時受到時間知覺的影響[38]。」然而黃河浪注意到時間與空間的彼此關係並善用聯想，使時間示現於具體的空間表述中，讓時間成為感知、詮釋空間的視角之一。在黃河浪的詩中，我們可

---

[37] 陳清俊：《盛唐詩中的時空意識研究》（台北：花木蘭，2007 年 3 月），頁 408。
[38] 彭聃齡編：《普通心理學》（北京：北京師範，1988 年），頁 236。

以看見想像與時間於空間的指涉中「共現」，這也成為黃河浪在旅
遊詩寫作中豐富旅遊空間意涵，對旅遊空間意義充實的寫作特色。

發表於「國際黃河浪文學創作研討會」

表述的視角：

張默旅遊詩中「物我」視角的開展
——以《獨釣空濛》為討論中心

摘要

　　張默《獨釣空濛》收錄其所行旅而開展的旅遊詩。「旅遊」是空間的移動，旅遊詩原則上是詩人「我」對空間的觀察，給予旅行中所見的空間及他者意義以及表述。然張默在《獨釣空濛》中對詩中的空間觀察，經常用「你」來指涉自然景物，表述的視角透過擬人的「主體際性」意義充實，而使詩作中對自然空間景物的指涉更為表述主體的情感意識所充實。本論文即以張默《獨釣空濛》中「物我」表述的視角為討論中心，討論張默在詩中所呈現的「主體—客體」的情識表述結構。

前言：張默的旅遊空間──擬人的主體際性表述

　　身為外省籍軍旅詩人的張默，早年來臺是被迫遷臺所進行「羈旅」的空間活動，是「失其本居，而寄他方」的空間移動，是被迫的放逐，但在張默的旅遊詩中並不會看見透過凝視現實看清自己被放逐的心境[1]，相反地如蕭蕭所說，張默有一顆快樂的心靈[2]，從張默《獨釣空濛》的旅遊詩中，我們可以看見張默以積極樂觀的意識去體驗「旅遊」本身，用快樂的情態去感知旅遊中所見的事物，給予意義充實。張默為了凸顯出旅遊中情感意識的喜樂，他擅長使用「我」和「咱們」的表述視角，以「我」的情感意識來詮釋「旅遊空間」，藉以澄明自為的主觀快樂情緒，同時張默喜以「擬人」的方式指涉旅遊中所見的物，從「我」的立場與「旅遊中所見物」建立起主體際性的表述[3]，使「物」能為張默所意義充實，給予情感

---

[1]　關於「放逐」的心境書寫，可見簡政珍：《放逐詩學：台灣放逐文學初探》（台北：聯合文學，2003），頁57。

[2]　蕭蕭：〈燦爛的心靈・明亮的調子──導讀「海外詩帖」〉收錄於張默：《獨釣空濛》（台北：九歌，2007年），頁357。

[3]　關於「主體際性」，蔡錚雲簡單解釋：「在這『生活世界』之中，各個『自我』亦結合成一種『主體際性』（intersubjectivity）。這便是『這個』（the）

示現。簡政珍說:「詩不在於描述事件本身,而是對事件的感受[4]。」在張默的旅行詩中也是以對旅行所見物的感受,獲得情感意識上的充實而表述;具體而言,張默旅遊詩中透過「擬人」所建立的主體際性就是由主體對他物的「移情」。所謂「移情」,可以參考葉太平的說法:「就是主體『向我們周圍的現實灌注生命』,是主體『把親身經歷的東西』、『力量感覺』、『努力、起意志、主動或被動的感覺』等,『移置到外在於我們的事物裡去,移置到這種事物身上發生的或和它一起發生的事件裡去』。這一全過程由主體、對象、關係三方面構成[5]。」換言之,就是在張默的旅遊詩中,張默以自我的主體意識,對旅遊所見的事物進行通感移識,使旅遊所意向到的視域的構成、自我意識情志的開展和主體間性的建立,組成詩中所表述的旅遊世界的構成性經驗[6],張默對於旅遊空間的表現,主要就是建立在主體、對象的「移情」關係的構成,創造出「擬人際性」的表述來凸顯個人情識,本書即以此作為論述的奠基,從

世界的內容之昭示,亦正是整個現象學的內容,全部的透露。」見蔡錚雲:〈現象學總論(上篇)〉收錄於《鵝湖月刊》,第 1 卷第 4 期,1975 年 10 月,頁 47。

[4] 簡政珍:《詩心與詩學》(臺北:書林,1999 年 12 月),頁 24。

[5] 葉太平:《中國文學之美學精神》(台北:水牛圖書,1998 年 7 月),頁 150。

[6] 此論點可參考洪漢鼎:《重新回到現象學的原點:現象學十四講》(臺北:世新大學,2008 年),頁 228。

詩中「我」、「物」的敘述角度，來看張默如何在旅遊詩中以「擬
主體際性」的表述視角為基礎，對旅遊的視域進行情感意識的被
給予。

「我」的視角的空間觀

李明明說：「人對事物的觀察必有其視角，由此而形成的視界
是人面向自然的具體化[7]。」而「我」是存有被拋入「在世」的最
基礎的視角，「我」的位置是主體意識感知空間的基礎，也就是從
「我」的身體空間來感知外在空間，旅遊是「我」的身體空間來感
知外在空間，「旅人在旅程中凝視，也是一種自我主體建構的鏡像
階段過程。在旅遊書寫裡，詩人藉由身體感官上的凝視，在空間的
移動中，進行與世界的對話、辯證，物我之間遂產生相對的位置，
於詩人的內在心象之情意活動內，形成緊張、矛盾或是平衡、和諧
的關係[8]。」因此所有的旅遊詩本質上都是從「我」出發，從我的

[7] 李明明：〈藝術批評的本與末〉收錄於李明明：《形象與言語：西方現代藝
術平論文集》（台北：三民，民81年3月），頁3。

[8] 王浩翔：《臺灣現代詩旅遊書寫研究》，國立成功大學中國文學研究所碩士
論文，2008年6月，頁33。

視角對旅行中的對象進行意向活動[9]，給予意義詮釋。狄爾泰曾指出創作說：「個體從對自己的生存、物件世界和自然的關係的體驗出發，把它轉化為詩的創作的內在核心[10]。」創作的表述，是作者意識的呈現，是作者對自我、世界中他者的關係表示，因此詩的創作也不能脫離「我」的視角，然而有些詩人的作品會刻意隱藏「我」的出現[11]，但本質上詩仍然明確地為「我」的視角服務，而成為作者「我」的言談道示[12]。

而張默的詩並不會刻意讓旅遊中風景平面化、客觀化，反而以「我」的情感意識凸顯「我」對於旅遊空間所開展的情感意識，使旅遊所見事物「生命化」、「情感化」，為作者張默「我」的意識所充實，所強調的並不是旅遊中的景色空間，而是「我」與旅遊景色空間的關係，如〈我站立在大風裡——追憶澎湖〉這首詩：

---

[9] 「意向活動」在現象學中指主體對意向對象進行意識活動的行為。見莫倫（Dermont Moran）著，蔡錚雲譯：《現象學導論》（台北：桂冠，2005年）頁157。

[10] 狄爾泰：《詩的偉大想像》，轉引自劉小楓：《詩化哲學》（山東文藝出版社，1987年），頁168。

[11] 如柳宗元的名作《江雪》：「千山鳥飛絕，萬徑人蹤滅，孤舟簑笠翁，獨釣寒江雪。」全詩沒有「我」的出現，刻意隱藏了感知風景的意向主體。見乾隆編：《全唐詩》（北京：中華書局，1985年）351卷11冊，頁3948。

[12] 海德格著，孫周興譯：《走向語言之途》（台北：時報，1993年），頁221。

我站立在風裡，頻頻與飛沙走石對飲

頻頻以修長的肢體亂舞

唱大風之歌，吐心中之鬱

是初度，我從沒有如此之歡愉

思緒是落在咆哮的浪尖上

滿眼的水域令我感知造化的茫然

我欲以全生命的逼力去親貼

去飛逸

　　　　　　　　去泅泳

舐舐暴躁的海特釀的鹹味

我心中綿密的森林與某些

潮濕的夜晚與某些

星星的爭吵

突然蛻化無數條彎彎曲曲的游龍

我站立在風裡

滿身的血液如流失

一群一群連續急驟地飛出

讓它噴灑一片未被鬆軟的荒土上

花跳躍

鳥彈奏

龍柏唱著發育之歌

我燃燒並且鼓舞

這個大風起兮的節令

自然的協奏曲

劈劈拍拍地繾綣於心靈的枝頭

噢，是什麼使它如此的

如此的深徹如此的冷，以及

如此的邊瓊與迷離

就是如此的邊瓊與迷離

偏偏我是一株攀生千葉的巨樹

伸它粗壯的手臂

豐豐而向上

在風裡，在深深發黏的風裡

我的豪興亦如童稚的真摯[13]

此詩的詩題「我站立在風裡」確立並突出了詩中「我」在旅行風景空間的存有，且張默在此詩詩首和詩中重複「我站立在風裡」揭明

---

[13] 張默：《獨釣空濛》（台北：九歌，2007 年），頁 35-36。

了「我」此在的空間性，透過「我」的空間性延展開來，讓所感知
到的視角合成一為「我」統一的視域，我們可以用下表將〈我站立
在風裡〉此詩有「我」的詩句整理出來：

我站立在風裡，頻頻與飛沙走石對飲
是初度，我從沒有如此之歡愉
我欲以全生命的逼力去親貼
我心中綿密的森林與某些／潮濕的夜晚與某些
我站立在風裡／滿身的血液如流失
我燃燒並且鼓舞／這個大風起兮的節令
偏偏我是一株攀生千葉的巨樹／伸它粗壯的手臂
我的豪興亦如童稚的真摯

在這首詩中，不斷地看見張默以「我」在旅遊空間中作確認，確認
「我」處於當下旅遊空間的位置，並且「物我」以生命、歡愉、豪
興等情感建立起認知性的結構，在此詩中所強調的不是風景，而是
「物我」之間的經驗認識，企圖從「我」出發，以情感的投射與表
述，使「我」與旅遊空間的澎湖能達到感通統一的情識，這也是張
默旅遊詩的典型表述風格。

　　然而以旅遊空間而言，如「澎湖」這樣一個較廣泛的旅遊空間
相較之下，是不容易抓住空間特色予以「擬人化」，成為「你」的
訴說對象，因此表述這類旅遊空間作品的詩作，張默大多以「我」

的意向投射在旅遊空間上，從心理與情緒來建立「我」與「物」的
體驗[14]，使表述「物我」的視角與表述結構得以實現，像這類以較
廣泛難以具體描述的旅遊空間為「物我」表述對象的詩作還有〈鹿
港埔頭街小立〉、〈震耳欲裂的水聲——天祥合流露營偶得〉和〈一
襲稻香的田埂〉，其中〈一襲稻香的田埂〉更帶出了抽象的時間體驗：

> 一股十分親摯的南風
> 把我懶散醉倒在
> 觸目盡是一襲稻香的田埂上
>
> 我，小心翼翼緩慢的走著
> 深怕驚動右側小池塘的蛙噪
> 草堆不遠處，一隻粗壯的公牛
> 愣愣的，對著青天撒尿
> 三五村姑埋首二稻芽子的阡陌
> 左尋右覓，獨不見
> 去夏打穀機漏下來朵朵白蓮的倩影

---

[14] 胡塞爾說：「認識在其所有展開的行中都是一個心理的體驗，即都是認識主
體的認識。它的對立面是認識的客體。」也就是「我」與「物」的認識的展
開，本質上就是心理的體驗，而體驗的結構就是「認識主體」和「認識客
體」以心理的體驗聯繫起來。見胡塞爾：〈現象學的觀念〉收錄於倪梁康編：
《胡塞爾選集（上）》（上海：上海三聯書局，1997 年 11 月），頁 37。

望著對岸表弟新蓋的三層小洋房

突然憶起半世紀前的無為老宅

連同陰森透亮的天窗、水井，與

一具具滿臉皺紋無所事事的犁耙

似乎如酒的鄉愁，早就被

此起彼落盈耳的蟬嘶

解體了[15]

此詩第一段即以香味聯結了景色空間的「物」與「我」的體驗關係，並顯明出主題「稻香的田埂」的稻香特色，第二段張默則以身體的移動：「我，小心翼翼緩慢的走著」改變了「我」的表述視角，在王建元〈現象學的時間觀與中國山水詩〉曾引梅洛龐蒂的話說：「『一個畫家的軀體，因為其本身是視野與行動的混合』，故會為了『一個飽和的視野』的目標而『不停止地移動來適應他對事物的透視』……這也是葉維廉所指出的中國畫家以其『視角的移動』來『將空間的各單位時間化』……[16]。」透過身體的移動，使「視角」隨之移動，而達到「飽和的視域」的豐富空間表述，然動作本身具有

---

[15] 張默：《獨釣空濛》（台北：九歌，2007 年），頁 213。

[16] 王建元：〈現象學的時間觀與中國山水詩〉收錄於鄭樹森編：《現象學與文學批評》（台北：三民，1984 年），頁 192。

時間性,「詩,由動作,帶出時間的存在[17]。」〈一襲稻香的田埂〉這首詩的詩中「我」的動作除了表現移動的飽和視野,同時帶出對過去時間回憶的時間意識表述:「望著對岸表弟新蓋的三層小洋房／突然憶起半世紀前的無為老宅」,整首詩呈現如下圖的表述結構:

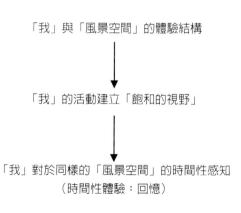

當此詩第三段表述出詩中「我」對於「風景空間」的時間性感知後,張默的企圖仍是我與當下「風景空間」的意向與表述,而不是沉緬於對過去的回憶,故詩末以「似乎如酒的鄉愁,早就被／此起彼落盈耳的蟬嘶／解體了」切換對於過去時間表述的視角,回到當下

---

[17] 游喚:〈時間與動作在詩中的作用〉收錄於《台灣詩學季刊》第 9 期,1994 年 12 月,頁 139。

「物我」的風景空間體驗，馬大康說：「作家常採用的種種敘述策略，諸如語言時態的運用、具體時間的標示、具有時代特徵的背景的強調，以及視角的頻繁切換等等，來抗拒文學時間對所敘對象時間的同化，刻意製造時間間距，使讀者來往搖擺於現在和過去、未來之間。[18]」張默很明顯地欲意表現「我」對於「風景空間」的當下感知，但又不欲忽略「風景空間」之於「我」的時間性，故以動作、感知體驗（蟬聲）頻頻切換視角，使此詩的視域達到相當程度的「飽和視野」，也充分反映了詩中「我」主體意識的情識感知。

我們在〈一襲稻香的田埂〉中看見「風景空間」的時間性，也就是認識主體對於認識客體的空間之時間意識，當空間被給予了時間性的意義時，也就是認識主體的時間意識充實了所認識的空間客體，使空間客體生命化、情感化。在〈龍門石窟〉、〈巴黎街頭小誌〉這兩首詩中，也可以看見張默以「我」的角度，在「旅遊空間」中意識到空間客體的時間性，其中「龍門石窟」的歷史性原就有強烈的時間特性，而〈巴黎街頭小誌〉則是張默以其詩人經歷的文學想像，賦予了「巴黎街頭」文學的時間性：

---

[18] 馬大康：〈文學時間的獨特性〉收錄於《文學理論研究》，第 5 期，1999 年，頁 28。

今天，不管它吹的是

什麼樣的風

我這個東方來的

披一肩方塊字的清癯的訪客

還是無限迷惘

在懶懶散散的巴黎街頭

追蹤一個拄著拐杖的

名叫阿保里奈爾的人

然而，米拉堡橋仍在河左岸淒淒的流著

可是詩人眼中楓紅似火的戀

卻已不翼，而飛[19]

張默的旅遊詩極重視「我」的示現，在這首〈巴黎街頭小誌〉中他首先描述的是「我這個東方來的／披一肩方塊字的清癯的訪客」，用「東方來的」來表述自己的地域與種族、「披一肩方塊字的」明晰自己文化與詩人的身份，「清癯的訪客」表示自己的形軀，當「我」的身份、位置澄明了，張默才書寫到「巴黎街頭」。然而張默並不只是寫「巴黎街頭」本身，而是透過「巴黎街頭」中「米拉堡橋」的空間性，對歷史時間中的詩人阿保里奈爾進行意向活動的

---

[19] 張默：《獨釣空濛》（台北：九歌，2007年），頁249。

表述[20]，〈巴黎街頭小誌〉這首詩由「我」的視角出發，透過我對「米拉堡橋」的空間體驗，轉化為對詩人阿保里奈爾的時間感受，以作為詩的表述，文學的時間性以及詩人生命的時間性在「我」對「旅遊空間」的視角觀察中呈現出來，這是張默以詩中「我」一個相異於阿保里奈爾種族、文化的東方詩人，對於「米拉堡橋」以及「阿保里奈爾」所完成的時空觀察的旅遊詩作。

「我」的複數視角表述──「咱們」的運用

蕭蕭認為讀張默的旅遊詩，尤其是五十三首海外詩帖：「我們彷彿與張默同車旅遊，可以感受到同遊的熱情與興奮，可以聽到他內在的、心的搏動，情不自禁的、血的吶喊[21]。」事實上，張默的詩是熱情的，張默樂於與他人分享自我的視角。在現象學中，胡塞爾用「移情法」從自我的立場跳躍出來，而投入他人的意識流中，

---

[20] 張默在此詩的註寫道：「阿保里奈爾（G. Apollinaire 1880-1918），法國立體主義時代表詩人，曾寫過一首有名的〈米拉堡橋〉的情詩，老詩人紀弦曾予中譯。」

[21] 蕭蕭：〈燦爛的心靈・明亮的調子──導讀「海外詩帖」〉收錄於張默：《獨釣空濛》（台北：九歌，2007 年），頁 357。

用他人的觀點，立場來觀看事物[22]。然張默在他的旅遊詩則是透過通感的移情，將他人和自我放在同樣的視角表述對「旅遊空間」進行感知與表述，也就是「我」的複數視角表述，運用「咱們」作為「物我」感知的基礎，這種「我」的複數視角出現較多次數是運用在張默與其詩友共同遊覽的情境中，這類作品有〈再會，左營〉、〈今夜，海在域外嚎叫——香港「星光大道」拾碎〉、〈鐵馬，想開——旅韓詩抄之一〉、〈再見，玉門關〉、〈欣見蒼坡村〉等。其中〈再會，左營〉顯然是描述張默曾服役的左營軍區，詩中寫明了「咱們」是「管管、沈臨彬和我」，比較特別的是〈欣見蒼坡村〉這首詩，此詩的視角從「我」轉為「咱們」並同時表述感知空間的時間性：

> 乍見你，我隱約感覺你羞澀的
>
> 向八百年前落葉繽紛的史冊，深深滴答
>
> 那一尊素樸高聳的寨門
>
> 以青瓦為頂，圓木作柱
>
> 再佩以長方形土黃的石塊砌成
>
> 輕輕，把咱們不規則的視矚，好奇的拎著

---

[22] 蔡美麗：《胡塞爾》（台北：東大圖書，1980年），頁129。

　　一腳踏入村內，氣象瞬即各各不同

　　垂柳交頭接耳，荷塘閃爍掩映

　　參差散置一幢幢古拙的民宅

　　從而石徑、飛簷、漏窗、花牆、水樹……

　　紛紛展現不凡的氣宇

　　咱們適時跳進王羲之巨筆生風的靈動裡

　　安安逸逸，咱們流水般的徜徉著

　　領略它以文房四寶為造型的奇絕

　　而一水之隔的望兄亭，送弟閣，悄悄對視

　　更滋長人性真情流溢穿越一切的奧義

　　勢將在五湖四海遊子的耳語下燦燦開花結果

　　嗨！蒼坡，好一朵永不凋謝的宋代木芙蓉[23]

這首詩一開始以「我」對「你」物的凝視引發表述，王浩翔指出：
「旅遊是同時具有移動與凝視雙重面向的活動，而這兩項同時進行
的面向，則與旅人的身體上的感官經驗有很大的關係。意即，旅人
透過自身的感官，感知周遭的世界，並進行一連串的經驗過程[24]。」

---

[23] 張默：《獨釣空濛》（台北：九歌，2007 年），頁 150。

[24] 王浩翔：《臺灣現代詩旅遊書寫研究》，國立成功大學中國文學研究所碩士
　　論文，民 97 年 6 月，頁 33。

張默以自身的視覺感官意向「蒼坡村」的空間意識，直接轉化為「向八百年前落葉繽紛的史冊，深深滴答」的歷史時間意識，而歷史時間意識體現在具體的空間如「寨門」、「青瓦」、「土塊」再回到「咱們不規則的視疇」的凝視。換言之，此詩第一段即是用凝視的空間感知轉化成時間意識表述，又回到主體際性凝視的共通視覺感知，「蒼坡村」的時間與空間被交互辯證而澄明。

此詩第二段以「我們」的身體移動作為表述[25]，身體空間移動的動作使對「蒼坡村」的體驗得以呈現時間性地為「咱們」所呈現。克羅德‧勒佛說：「我的任何移位，原則上都在我的視覺風景中有其具體落腳處，都被移轉到可見物的版圖上。我所看見的一切，都在我所及的範圍內，至少在我視線所及的範圍內，而被標誌在『我能』（je peux）的版圖上[26]。」也就是說，身體空間的移動在原則上都能夠具體地被視覺意向所感知，而「我」所凝視意向到的「他物」，也同樣能夠為「我」所意向、所認知，從「可見的」轉變成「不可見的」，被「我」所給予意義。在這一段當中，從「我」的空間移動，得以感知到「飽滿的視野」，進而在詮釋這些「視野」的同時，

---

[25] 此段最末言「咱們適時跳進王羲之巨筆生風的靈動裡」即點明了「一腳踏入村內」的身體空間移動的主體是「咱們」。

[26] 勒佛（Claude Lefort）著：〈序〉收錄於梅洛龐蒂（Maurice Merleau-Ponty）著，龔卓軍譯：《眼與心》（台北：典藏藝術家庭，2007年10月），頁80。

「我」所詮釋的時間性意義得以展開，「蒼坡村」成為「王羲之巨筆生風的靈動」的歷史文化意義場域，而「咱們」的身體空間移動即進入了作者張默所意義給予的「旅遊空間」中。此詩在「咱們適時跳進王羲之巨筆生風的靈動裡」這一句達到了詮釋身體進入「旅遊空間」的高潮，第三段則延續第二段的餘韻，以「王羲之巨筆生風的靈動」繼續詮釋「旅遊空間」的蒼坡村並定義為「好一朵永不凋謝的宋代木芙蓉」，凸顯出張默視角中蒼坡村的歷史時間性與美感。

〈欣見蒼坡村〉是以詩友們的「咱們」身體空間移動感知「旅遊空間」，但〈溪頭拾碎〉、〈滄浪小立〉、〈初訪美堅利堡〉、〈康橋，垂柳依稀若緞〉彷彿以生命共同在場的「咱們」來體驗「旅遊空間」的時間性，表述出生命時間珍貴悵然的視角，例如〈溪頭拾碎〉：

> 晨起推窗
>
> 一群遊哉悠哉的鴿子
>
> 把青翠的銀杏踩成一排白色
>
> 淒冷的光從簌簌的竹叢中漏下來
>
> 恍似殘碎的露滴栽滿我的一臉
>
> 哦，黃雀在靜靜的啼泣

安知百年後的某一個清早
我們不在這裡

我們不在這裡
一層層的爭辯驀然飛上
只剩半截空空如也的神木
兩千八百年的戰國來過
是懷有歷史的惆悵嗎
烽火，不也就是一簇簇的落葉

我們不在這裡
來與去，無與有
歲月還是無可奈何地把傷感微微的接住[27]

這首詩用「淒冷的光從簌簌的竹叢中漏下來／恍似殘碎的露滴栽滿我的一臉」揭示了詩中「我」的在場以及「我」與「旅遊空間」的關聯性。在當下的「旅遊空間」中，「我」和「黃雀」是「共同在場」的存有，張默在體驗「旅遊空間」當下的美感，同時從「生命」的共同視角「我們」體驗到空間的時間性。我們在前文已述及，詩中的動作是有時間性的：「一群遊哉悠哉的鴿子／把青翠的銀杏踩

---

[27] 張默：《獨釣空濛》（台北：九歌，2007年），頁48。

成一排白色」、「黃雀在靜靜的啼泣」，而旅遊的動作本身亦是具有
強烈的時間性，張默意識到「我」的旅遊以及「鴿子」、「黃雀」的
活動，感受生命中共同在場的「我們」被拋入時間流之中，使得對
「旅遊空間」的表述，呈現作者對時間感發的視角，李紫琳說：「在
文學的詮釋中，文學中的空間感加入主體（作者）的意識，並內化
成為生活的一部份，且空間感挾帶著許多生活類型，有助於一窺主
體之生活情境[28]。」在這首〈溪頭拾碎〉的空間感，即顯現了作者
張默對於生命時間的意識，看見他不同於平時生活開朗快樂，而對
時間悵然的生活情境，詩末言：「來與去，無與有／歲月還是無可
奈何地把傷感微微的接住」不但說明了旅遊的身體空間移動，也透
過身體空間的移動指涉了「我們」共同在場的生命主體在歲月的時
間流的「旅遊」，而「我們」的視角即是共同在場的生命主體。

「你」──物的移識與移情

　　張默的旅遊詩喜以「擬人」的方式建立起主體意識「我」和「旅
遊空間」中的「他物」主體際性的聯繫，透過「移情」、「移識」的

---

[28] 李紫琳：《詩意地棲居：《楚辭》中的空間感與身體感》，國立東華大學中國
語文學系碩士論文，民96年7月，頁2。

方式，表述對象被給予的意義詮釋，從人格化地示現出來[29]。而「擬人」所形成的人格化則更加鮮明地凸顯出作者所意識到、詮釋到的「他物」特質，作為旅遊詩中被「擬人」的他物，作者必須能夠確切掌握「他物」的特質，表述其具體形象，才能確切地「移情」、「移識」並深刻表述出所要表述的「他物」，使旅遊中所見的「他物」對表述主體而言具有意義[30]。

在《獨釣空濛》這本詩集中，具體以「你」的「擬人化」來表述旅遊中所見的「他物」的詩作可分為三類，以下分點論述之。

（一）熟悉的「旅遊空間」

作者能夠確切掌握到「旅遊空間」的特質，才能將「旅遊空間」轉換成具人格的具體形象；作者熟悉的「空間」或「他物」，才能有深切的情感「移識」與「空間」或者「他物」感通擬構出人際的「主體際性」。我們在《獨釣空濛》中看見張默敘述大多數他相當熟悉的「旅遊空間」時，都會用「擬人」的方式，將表述客體用「你」

---

[29] 「移情作用有人稱為『擬人作用』」（Anthropomorphism）。拿我做測人的標準，拿人做測物的標準，一切知識、經驗都可以說是如此得來的。」見朱光潛：《文藝心理學》（台北：建宏，1987 年 6 月），頁 47。

[30] 雷可夫認為擬人化是人類自身動機的延伸，用人類的術語使事物具有意義。見雷可夫（George Lakoff）、詹森（Mark Johnson）著，周世箴譯：《我們賴以生存的譬喻》（台北：聯經，2006 年），頁 61。

的指涉呈現出來，這類詩作有〈謁海軍將士紀念塔〉、〈半屏山，讓
我陪你走一段〉、〈我，躑躅在大膽島上〉和〈昂首・燕子磯〉等。
以上所舉的前三首詩都是張默所熟悉的軍事相關的「旅遊空間」，
因為張默生平大半都在軍旅中渡過，所以這些空間景象讓張默熟悉
且充滿情感的指涉，即使是張默初次遊歷的「大膽島」，張默在詩
中對大膽島的表述仍充滿親切的熟悉，見〈我，躑躅在大膽島上〉：

踩一踩這裡的泥沙
這裡的泥沙，好輕柔
踩一踩這裡的岩石
這裡的岩石，好堅硬

你們站在這裡，直挺挺的站在這裡
陽光燦爛，狂吻弟兄們古銅的臂膀
海水清澈，拍擊每一座碉堡的胸膛
這裡的一草一木，都在飛躍著
這裡的一山一石，都在呼嘯著

你們站在這裡，熱騰騰的站在這裡
藍天，是溫暖無比的被褥
大地，是取之不竭的糧食

　　跨過去，輕輕咬著歲月的唇沿
　　飛起來，靜靜興起無窮的感歎

　　哦哦！大膽島
　　你是金門最帥的印記
　　你是歷史抹不掉的扉頁
　　你，曠達怫鬱的氣宇，山川雲彩可以見證
　　你是一首愈陳愈香，陶陶然的高粱之詩[31]

相較於前引詩，這首詩看不到「我」的鮮明位置，而是以對「你」的敘述結構起整首詩的視域。如朱光潛說：「移情作用是凝神注視，物我兩忘的結果，叔本華所謂『消失自我』[32]。」在這首詩的「移情作用」中，我被遮蔽起來，而僅剩對「你」的表述，但並不代表「我」的位置視角完全消失，只是因為「移情」的作用使「我」的意識轉移到表述客體「你」的位置上，而成為一個「虛我表述」。也就是說，詩中「我」的意識透過表述客體「你」而詮釋出來。

　　深切的移情而具有「擬人」的效果，張默彷彿向大膽島訴說般地表述出這首〈我，踟躕在大膽島上〉，用「你們」來指涉大膽島上的「一草一木」、「一山一石」，用「你」來指稱「大膽島」，「陽

---

[31] 張默：《獨釣空濛》（台北：九歌，2007年），頁42。
[32] 朱光潛：《詩論》（台北：萬卷樓，1993年10月），頁74。

光」、「海水」、「藍天」、「大地」到「大膽島」，張默使用豐富的隱喻建構一個充滿動態和畫面感的大膽島。馮憲光說：「隱喻結構的文本化也是意識形態的文本化[33]。」我們從張默對大膽島及島上事物表述中的隱喻，即可看見張默的主體意識對大膽島這「軍事空間」充滿熱烈、激情的高昂意志，故詩末言：「你是金門最帥的印記」、「你是一首愈陳愈香，陶陶然的高粱之詩」，張默對於具有軍事意義的「旅遊空間」相當推崇，而且熱情所呈現出來情感意識，是相當清楚的。

而〈昂首‧燕子磯〉則是張默過去中學時常去遊玩的地方，因此對於燕子磯的「旅遊空間」，充滿既熟悉又陌生的呢喃對話，節錄此詩第三段：

> 你還記得，我曾把對岸八卦洲的幾簍包穀
> 狠狠扔你的懷裡
> 那由金黃顆粒所鋪成的石梯
> 難道情有獨鍾
> 我想低時，你比我更低
> 你想高時，我比你更高

---

[33] 馮憲光：《審美意識形態的文本分析》（成都：四川大學出版社，2001 年 11 月），頁 342。

且讓時光一寸一才緩緩地逼近

你還遙想當年

咱們背對背，額對額時的景象嗎[34]

在這段的敘述裡，詩中「我」和「你」的認知結構還包含了時間性
的體驗，透過回憶對當下與過去時間進行表述，辯證出「我」與「你」
的關係。胡塞爾說：「⋯⋯談到回憶，它不是一件如此簡單的事情，
它提供了各種相互交織在一起的對象形式和被給予形式。所以人們
能夠指出所謂原初的回憶，指出任何知覺必然交織在一起的保留。
我們正在體驗著的體驗，在直接的反思中成為我們的對象，並且在
這種體驗中所展現的始終是同一對象之物：同一聲音在剛才還是作
為真實的現在（Jetzt），眼下仍是這一聲音，但它回到了過去並同
時構造著同一個客觀的時間點。[35]」胡塞爾慣以聲音的綿延來比喻
時間性，對胡塞爾來說，回憶並不只是純粹對過去時間的重構，而
是在「我們正在體驗著的體驗之中，體驗回到了過去並同時構造著
同一個客觀的時間點。」換言之，張默在〈昂首・燕子磯〉從「我」
和「你」的視角中，體驗到當下的時空同時在「旅遊空間」燕子磯

---

[34] 張默：《獨釣空濛》（台北：九歌，2007 年），頁 135-136。

[35] 胡塞爾著，倪梁康譯：《現象學的觀念》（上海：譯文，1986 年 9 月），頁
56。

的基礎上，透過回憶構造著過去時間的客觀時空。在回憶中，體驗
當下和構造過去是併行的，也就是說在〈昂首・燕子磯〉的「你」
與「我」表述結構中，當下感知視角和過去回憶視角都在當下被表
述出來，也只有奠基在眼下的這個「燕子磯」空間性視角，才能夠
回到過去同事構造著同樣的空間記憶。在這樣的視角中，不但表述
出「你」和「我」的物我關係，同時也表述出「物我」當下與過去
時間的時間性。

（二）「旅遊空間」中的人物想像

在旅遊空間中，有一部份的地點與「人物」關係相當密切，因
此相當容易將「空間」轉化為「擬人」的形象。在這種情況下，詩
人所旅遊的是空間，藉著「你」的指涉對話的對象卻是那個旅遊空
間所代表的人物，詩人所旅遊的是空間，但詩人所意識到並表述的
卻是時間流中的人物對象，在《獨釣空濛》中這類詩作有〈杜甫銅
像一瞥〉、〈初訪嚴子陵釣臺〉、〈白居易墓〉、〈致普希金〉、〈致托爾
斯泰〉等。張默在這類的詩作亦習慣用「你」建立起強烈的主體際
性的感通視角，如〈杜甫銅像一瞥〉：

> 你，閉目養性，站在風風雨雨的茅屋中
> 無視騷人墨客

無視暮東朝去
儘管裹著一則在不掉的蕭瑟
而你悵望千秋的詩句
傲然，熱騰騰的
穿越水檻，穿越寂寂花徑
好端端地落在，落在
每一位膜拜者　　　·
風塵荏苒，不勝喘噓的歎息裡[36]

這類詩作充滿時間意識、歷史意識，本質上可以說是懷古詩[37]，而
不是純粹的旅遊詩。張默在這類旅遊懷古的作品中，仍喜於移情、
移識到所懷古的人物身上，建立起超越時間的主體際性的表述視
角。如〈杜甫銅像一瞥〉筆下寫的雖然是杜甫銅像的形象，卻擬人
具有人的情態：「你，閉目養性」、「而你悵望千秋的詩句……」都
彷若透過對「你」的表述視角，呈現歷史中杜甫的人物形態。這類
旅遊懷古作品多半是對歷史人物的意向詮釋、對話，透過彼此關係

---

[36] 張默：《獨釣空濛》（台北：九歌，2007 年），頁 128。
[37] 關於懷古的定義可見鄭振偉：〈懷古詩的開端結尾研究——李白相關作品的
分析〉收錄於《意識·神話·詩學——文本批評的尋索》（北京：中國社會
科學出版社，2005 年 3 月），頁 177。

的辯證，詮釋出張默對於詩中「旅遊空間」的情識，又如〈初訪嚴子陵釣臺〉：

> 為何，為何
> 你不直直垂天而下
> 把富春江的麗水
> 一飲而盡[38]

這首詩寫的並不只是「嚴子陵釣臺」的「旅遊空間」，反而更強調張默對嚴子陵的意向活動，這首短詩以「旅遊空間」為基礎，張默在體驗此空間後，開展作者對嚴子陵的意識想像，表述的視角放在對歷史時間中「你」的想像意向活動上，而非純粹的「旅遊空間」。這類作品中「我」的位置被消融在對「你」的意向表述裡，這也是「極端移情」的表述結果。

（三）特殊具體的「旅遊空間」

除了作者相當熟悉的空間以及原本就具「人物」特質的旅遊空間外，還有一種「旅遊空間」獨立具體，特殊性顯而易見，因此作者繼而進行「移情」、「移識」的擬人化表述來掌握這個「旅遊空

---

[38] 張默：《獨釣空濛》（台北：九歌，2007 年），頁 146。

間」，例如〈悠然自若，懸空寺〉、〈雙叟，在冷雨中怦然閃爍〉、〈風車，霍霍如狂草〉、〈釋埃及獅身人面像〉、〈小美人魚──哥本哈根一景〉等，這些詩作中透過「你」的指涉所表述的「旅遊空間」都是具體的事物；「懸空寺」、「雙叟咖啡館」、「風車」、「獅身人面像」、「小美人魚雕塑」等，張默將這些具體顯著的特殊風景擬人化作為「你」的指稱，建立起緊密通感的主體際性結構，使作者意識能夠貼切生動地認識到「旅遊空間」中具體特殊的「他物」，以〈悠然自若，懸空寺〉為例：

> 用一層層的泥土，把你抬起來
> 用一節節的風雨，把你浮起來
> 用一句句的驚歎，把你圈起來
> 用一匹匹的眼睛，把你藏起來
>
> 每天，多少陌生客對你指指點點
> 上上下下，企圖把你狠狠掏空
> 甚或，為你開腸破肚
> 好讓你全然一絲不掛，面對
> 眾生，而不感到羞澀

你你你，到底是啥理由

讓一排身子永遠下墜而斜斜生根

乾脆，請你行行好，放下一捆扯不斷的繩子

也好任我熱縮冷脹的靈魂

骨立在上頭

每天，悠悠然，與搖晃自若的青空

對話[39]

這首敘述「懸空寺」風景的詩幾乎是用對話的形式構成，以一個幾乎被遮蔽的意向主體「我」來對意向客體「你」訴說「我」的意向思維。此詩前兩段對於擬人的「懸空寺」作描述，在這裡，描述並非僅限於當下時空的視角，也有對於過去時間想像的表述，例如「用一節節的風雨，把你浮起來」、「每天，多少陌生客對你指指點點／上上下下，企圖把你狠狠掏空」即很明顯地從當下的感知轉化到對時間的想像認知，而這樣的表述本質上就是確認詩中「我」對於「你」懸空寺的理解與掌握，透過想像與虛構對懸空寺通感建構主體際性，而得以瞭解、詮釋「旅遊空間」中的懸空寺[40]。在此詩第二段，

---

[39] 張默：《獨釣空濛》（台北：九歌，2007 年），頁 208。

[40] 主體際性的建立本質上就是想像與虛構，倪梁康說：「這個他人的自我與我的自我的之間的同一性只是一種想像的或虛構的同一性，因此他人的實在自我與我的實在自我永遠不會相同一。」但這種想像與虛構無礙於我們對他

張默為了凸顯出他所詮釋的懸空寺的神奇，加強了口語的效果而連續用三個「你」，強調欲對「你」懸空寺的理解。張默強調了「懸空寺」的特殊性後，他更表述希望能和懸空寺一樣「骨立在上頭」，也就是極端移情之後，讓主體際性的「你」、「我」的「物我關係」都消融在「物」的特殊性中，藉此凸顯出「旅遊空間」中被表述「物」的特殊性。

結語：「我」、「咱們」以及「你」的視角表述

王曉東說：「以身體為基礎的構建揭示了人與世界的統一。既然世界是為我呈現的現象，則整個世界就是我的知覺場的無限擴張[41]。」也就是說世界是為「我」的知覺意向建構出來的。事實上在旅遊詩的創作時，詩人就是以空間意識來感知「旅遊空間」，並且表述成我們「可見的」作品。王川岳解釋梅洛龐蒂的藝術觀時指出：「知覺是創造的，知覺是藝術創造的關鍵，因為它將『可見的』

者的理解。見倪梁康：《現象學及其效應：胡塞爾與當代德國哲學》（北京：三聯，1994 年，10 月），頁 151。

[41] 王曉東：《論梅洛─龐蒂的知覺理論及其超越性》，黑龍江大學外國哲學碩士論文，2007 年，頁 28。

轉換為『不可見的』，同時又把不可見的轉換為可見的，它實現了
兩個世界的『雙重轉換』[42]。」寫作旅遊詩的過程就是將「可見的」
旅遊空間視野轉化成「不可見」的作者感知意識，再轉換成「可見
的」作品，其中重要的關鍵就是知覺、作者的意向感知，和作者如
何去感知空間的意識，決定表述意向的視角；顏忠賢說：「空間意
識的形塑決定於個人經驗空間的過程。在空間被經驗的過程，『地
點感』進入記憶而在身世中產生意義。然而旅行背離了這些熟悉的
空間，甚至是背離了原有感知空間的方式。透過進入異質的地緣與
轉換空間感知方式的過程，旅行使人的主體經驗與空間有了更深的
對話[43]。」所謂「地點感」就是空間為主體個人所經驗而建構出來
的空間經驗，旅遊本身使空間經驗不斷地重新被參照，讓主體空間
意識所建構的世界不斷向外推移[44]。旅遊詩的創作從「可見的」到
「不可見的」會牽涉到「旅遊空間」的意向，表述牽涉到主客體的
空間性和主體空間意識的時間性，而從「不可見的」轉化成「可見
的」作品表述，亦牽涉到表述的結構與視角的關聯。本論文從張默
《獨釣空濛》旅遊詩集中「我」、「咱們」與「你」的表述視角應用，

---

[42] 王川岳：《現象學與解釋學文論》（山東：山東教育出版社，2001 年 7 月），
頁 107。

[43] 顏忠賢：《影像地誌學》（台北：萬象，1996 年 10 月），頁 74。

[44] 杜夫海納著、韓樹站譯：《審美經驗現象學》（北京：文化藝術出版社，1992
年），頁 204。

辯證論述張默的旅遊空間意識是建構在凸顯「我」的空間位置對照出「物我」的旅遊空間關係，亦會以複數的「咱們」揭示旅遊空間中相對於「物」的共同視角。張默更喜以「擬人」的方式結構旅行空間中「物我」的主體際性，以移情、移識的主體際性視角來強調詮釋對旅行空間的「他物」，凸顯出「物」的特色。然而，除了本論文基本主要的表述視角區分外，張默也會混合運用上述視角，並加上「他」的「擬人」之「擬主體際性」複合表述，使詩作產生豐富的「散點透視」、「時間落差」、「視角易位」等意象呈現[45]，這些較細節的論述則可以另文更深入探究。

---

[45] 關於以上三種視角意象表現的詮釋，可見吳晟：《中國意象詩探源》（廣州：中山大學出版社，2000 年 4 月），頁 156。

文學視界 46　語言文學類　PG1050

意識的現形
——新詩中的現象學

作　　者 / 劉益州
責任編輯 / 劉　璞
圖文排版 / 陳彥廷
封面設計 / 秦禎翊

發 行 人 / 宋政坤
法律顧問 / 毛國樑　律師
出版發行 / 秀威資訊科技股份有限公司
　　　　　114 台北市內湖區瑞光路 76 巷 65 號 1 樓
　　　　　電話：+886-2-2796-3638　傳真：+886-2-2796-1377
　　　　　http://www.showwe.com.tw
劃撥帳號 / 19563868　戶名：秀威資訊科技股份有限公司
　　　　　讀者服務信箱：service@showwe.com.tw
展售門市 / 國家書店（松江門市）
　　　　　104 台北市中山區松江路 209 號 1 樓
　　　　　電話：+886-2-2518-0207　傳真：+886-2-2518-0778
網路訂購 / 秀威網路書店：http://www.bodbooks.com.tw
　　　　　國家網路書店：http://www.govbooks.com.tw

2013 年 9 月 BOD 一版
定價：380 元
版權所有　翻印必究
本書如有缺頁、破損或裝訂錯誤，請寄回更換

國家圖書館出版品預行編目

意識的現形：新詩中的現象學 / 劉益州著. -- 一版.
-- 臺北市：秀威資訊科技, 2013.09
　　面；　　公分. -- (語言文學類；PG1050)(文學視界；46)
　BOD 版
　ISBN 978-986-326-180-3(平裝)

1. 新詩　2. 詩評　3. 現象學

820.9108　　　　　　　　　　　　102015992

讀 者 回 函 卡

感謝您購買本書,為提升服務品質,請填妥以下資料,將讀者回函卡直接寄回或傳真本公司,收到您的寶貴意見後,我們會收藏記錄及檢討,謝謝!
如您需要了解本公司最新出版書目、購書優惠或企劃活動,歡迎您上網查詢或下載相關資料:http:// www.showwe.com.tw

您購買的書名:＿＿＿＿＿＿＿＿＿＿＿＿＿＿＿＿＿＿＿＿＿＿＿＿＿

出生日期:＿＿＿＿＿年＿＿＿＿＿月＿＿＿＿＿日

學歷:□高中 (含) 以下　　□大專　　□研究所 (含) 以上

職業:□製造業　□金融業　□資訊業　□軍警　□傳播業　□自由業
　　　□服務業　□公務員　□教職　　□學生　□家管　　□其它＿＿＿

購書地點:□網路書店　□實體書店　□書展　□郵購　□贈閱　□其他

您從何得知本書的消息?

　□網路書店　□實體書店　□網路搜尋　□電子報　□書訊　□雜誌
　□傳播媒體　□親友推薦　□網站推薦　□部落格　□其他＿＿＿＿＿＿

您對本書的評價:(請填代號　1.非常滿意　2.滿意　3.尚可　4.再改進)

　封面設計＿＿　版面編排＿＿　內容＿＿　文／譯筆＿＿　價格＿＿

讀完書後您覺得:

　□很有收穫　□有收穫　□收穫不多　□沒收穫

對我們的建議:＿＿＿＿＿＿＿＿＿＿＿＿＿＿＿＿＿＿＿＿＿＿＿＿＿

＿＿＿＿＿＿＿＿＿＿＿＿＿＿＿＿＿＿＿＿＿＿＿＿＿＿＿＿＿＿＿＿＿

＿＿＿＿＿＿＿＿＿＿＿＿＿＿＿＿＿＿＿＿＿＿＿＿＿＿＿＿＿＿＿＿＿

＿＿＿＿＿＿＿＿＿＿＿＿＿＿＿＿＿＿＿＿＿＿＿＿＿＿＿＿＿＿＿＿＿

11466
台北市內湖區瑞光路 76 巷 65 號 1 樓

秀威資訊科技股份有限公司　　　收
BOD 數位出版事業部

··

（請沿線對折寄回，謝謝！）

姓　　名：＿＿＿＿＿＿＿＿＿＿　年齡：＿＿＿＿　性別：□女　□男

郵遞區號：□□□□□

地　　址：＿＿＿＿＿＿＿＿＿＿＿＿＿＿＿＿＿＿＿＿＿＿

聯絡電話：(日) ＿＿＿＿＿＿＿＿＿＿　(夜) ＿＿＿＿＿＿＿＿＿＿

E-mail：＿＿＿＿＿＿＿＿＿＿＿＿＿＿＿＿＿＿＿＿＿＿